सोसोबोंगा

(एक मुंडा गीति-कथा)

जगदीश त्रिगुणायत

भूमिका एवं प्रस्तुति

संजय कृष्ण

प्रकाशक

प्रभात प्रकाशन प्रा. लि.

4/19 आसफ अली रोड, नई दिल्ली–110002

फोन : 011–23289777 • हेल्पलाइन नं. : 7827007777

इ–मेल : prabhatbooks@gmail.com ❖ वेब ठिकाना : www.prabhatbooks.com

संस्करण

प्रथम, 2024

पेपरबैक मूल्य

तीन सौ रुपए

मुद्रक

आर–टेक ऑफसेट प्रिंटर्स, दिल्ली

———— ★ ————

SOSOBONGA

by Shri Jagdish Trigunayat

Published by **PRABHAT PRAKASHAN PVT. LTD.**
4/19 Asaf Ali Road, New Delhi-110002

ISBN 978-93-5562-786-5

₹ 300.00 (PB)

(11.01.1918–02.01.2001)

श्री भइयाराम मुंडा
को समर्पित

भूमिका

लोक साधक जगदीश त्रिगुणायत व सोसोबोंगा

मुंडा साहित्य की जब भी चर्चा होगी, जगदीश त्रिगुणायतजी का नाम पूरी श्रद्धा के साथ लिया जाएगा। उन्होंने अपना पूरा जीवन मुंडा समाज की संस्कृति, समाज, साहित्य को समझने-गुनने में लगा दिया। वे हिंदीभाषी थे और राँची आकर उन्होंने एक अलग गोत्र की भाषा मुंडारी सीखी और इसमें पर्याप्त काम किया। मुंडा लोकगीतों और लोककथाओं का संग्रह किया। हिंदी में पहली बार इन कथाओं को लाए। इस जुनून और काम के पीछे कोई चाह नहीं थी। एक कर्तव्यनिष्ठ की भाँति वे इसमें मन-प्राण से लगे रहे। वे राँची से हजार किमी. दूर उत्तर प्रदेश के देवरिया जिले से यहाँ आए थे। 1 मार्च, 1923 को उनका जन्म देवरिया में हुआ था। वहीं उनकी प्रारंभिक शिक्षा-दीक्षा हुई थी। यह वह दौर था, जब देश में स्वतंत्रता की चाह बलवती हो गई थी और देश को एक सर्वमान्य नेता गांधीजी मिल गए थे। बिहार में डॉ. राजेंद्र प्रसाद गांधीजी के सिपाही की भाँति सक्रिय थे। दोनों आंदोलन के साथ-साथ खादी के प्रचार-प्रसार पर भी बल दे रहे थे। इनका मानना था कि देश की आजादी में खादी सिर्फ स्वावलंबी ही नहीं बनाएगी, बल्कि वह एक कारगर हथियार भी साबित होगी। इसलिए गाँव-गाँव इसका प्रचार-प्रसार जरूरी था। किसानों तक यह संदेश पहुँचाना था। इसलिए गांधीजी और राजेंद्र बाबू तब के बिहार के इस सुदूर इलाके छोटानागपुर में भी खादी

का प्रचार-प्रसार करना चाहते थे, ताकि लोग स्वावलंबी होने के साथ-साथ देश के नवनिर्माण में भी अपना योगदान दे सकें। उन्हें इस धरती के क्रांतिकारी तेवर का बखूबी पता था। इसी सिलसिले में राजेंद्र बाबू ने 1941 में खादी ग्रामोद्योग के प्रचार-प्रसार के लिए जगदीशजी को यहाँ भेजा था।

इसके पूर्व 1917 में चंपारण आंदोलन के कारण गांधीजी पहली बार राँची आए थे। इसके बाद उनका आना-जाना लगा रहा। गांधीजी के राँची आगमन के बाद राँची भी कांग्रेस का एक केंद्र बन गया था। देवकीनंदन जब मई 1918 में राँची आए, तभी वह महसूस करने लगे थे कि छोटानागपुर देश से कटा हुआ है और आजादी के आंदोलन की रफ्तार यहाँ धीमी है, अतः इसकी गति को बढ़ाना बहुत जरूरी है। 1921 में जब डॉ. राजेंद्र प्रसाद राँची आए तो कांग्रेस के गठन को लेकर विचार-विमर्श हुआ, क्योंकि राजनीतिक आंदोलन हो या रचनात्मक, उसके लिए संगठन की जरूरत पड़ती है। उस समय डॉ. पी.सी. मित्रा, मौलाना उस्मान गनी एवं काफी संख्या में टाना भगत भी डॉ. राजेंद्र प्रसाद से मिले और कांग्रेस के गठन की भूमिका तैयार हुई। मार्च 1921 में 'राँची जिला कांग्रेस कमेटी' का गठन कर दिया गया। कांग्रेस के पहले अध्यक्ष डॉ. पी.सी. मित्रा बनाए गए और सचिव देवकीनंदन प्रसाद। कांग्रेस के गठन के बाद आजादी के आंदोलन ने एक व्यवस्थित रूप लिया। गांधीजी के असहयोग आंदोलन में राँची ने अपने स्तर से एक बेहद की खास भूमिका निभाई।

इसी समय बिहार में खादी का काम आरंभ किया गया। असहयोग आंदोलन और आर्थिक स्वावलंबन के लिए खादी एक जरूरी टूल था। हाथ से बुने खादी कपड़ों के लिए विशेष आंदोलन भी चलाए गए। हालाँकि तब बिहार अपने सूती कपड़ों के लिए देश में जाना जाता था, लेकिन खादी 1921 में ही जुड़ी। देश में भी एक 'अखिल भारतीय चरखा संघ' स्थापित किया गया। इसने खादी के व्यवसाय को अपने हाथ में लिया। यद्यपि बहुत

से लोग स्वत्रंत रूप से भी खादी के उत्पादन में जुड़ गए।

एक संगठन के तौर पर चलाने के लिए कोष और प्रशिक्षित आदमियों की जरूरत थी, लेकिन ये दोनों ही बिहार प्रांतीय कमेटी के पास नहीं थे। जब स्वराज कोष के रुपयों में से एक अच्छी रकम बिहार प्रांतीय कमेटी को इस काम के लिए मिली, तब मधुबनी में इसका उत्पादन केंद्र खोला गया। यहाँ से खादी तैयार होने लगी। यहीं से खादी दूसरे प्रांतों तक पहुँची। अनुभव की कमी होने के कारण काफी घाटा उठाना पड़ा। जब 'अखिल भारतीय चरखा संघ' की स्थापना हुई तो इसका पहला एजेंट डॉ. राजेंद्र प्रसाद को बनाया गया और मंत्री लक्ष्मीनारायण बने। इसके बाद नए सिरे काम शरू हुआ। जो केंद्र घाटे में चल रहे थे, उन्हें बंद कर दिया गया। जहाँ के केंद्र बिना घाटे के चल सकते थे, उसे सचारु रूप से चलाया गया। धीरे-धीरे बिहार की खादी ने अपनी पहचान बनाई—एक तो दाम में सस्ती और दूसरे अच्छी होती थी।

जब खादी का काम आरंभ हुआ तब, खादी विभाग का दफ्तर और मुख्य भंडारगृह पटना था और खादी तैयार होती थी दरभंगा जिले में। इससे काफी असुविधा होती थी। जब काम बढ़ा तो पटना से उठकर कार्यालय और भंडारगृह मुजफ्फरपुर चला गया और बाद में यहाँ से मुख्य भंडारगृह मधुबनी शिफ्ट हुआ। डॉ. राजेंद्र प्रसाद अपनी आत्मकथा में दर्ज करते हैं—"1926 में खादी संबंधी मेरा मुख्य काम यह भी रहा कि स्थान-स्थान पर खादी-प्रदर्शनी कराऊँ।...जमशेदपुर में भी एक मार्के की प्रदर्शनी की गई। इतने बड़े कारखाने वाले शहर में, जहाँ की चिमनियाँ आग उगलती रहती हैं, जहाँ गला हुआ लोहा नदी के झरने के समान बहता रहता है, जहाँ लोहे की बड़ी-बड़ी सिलें असानी से आटे की रोटी की तरह बेल दी जाती हैं और पत्तर अथवा लंबी-लंबी रेल लाइनें बेली जाती रहती हैं—छोटी तकली और चरखे की प्रदर्शनी एक अजीब सी चीज थी। इसका आयोजन करना थी एक साहस का काम था। उस बड़े कारखाने के अफसरों का इस छोटी कल की करामात दिखाने की

बात तो और बड़े दुस्साहस की थी; पर हमने ऐसा ही किया। टाटा कंपनी के बड़े अफसर मिस्टर टेंपुल से, जो खुद इंजीनियर थे और जमशेदपुर के टाउन एडमिनिस्ट्रेटर भी, प्रदर्शनी के उद्घाटन करने का अनुरोध किया गया। उन्होंने इसे मान लिया। उन्होंने खादी की उपयोगिता पर सुंदर भाषण भी दिया। कंपनी के जनरल मैनेजर मिस्टर कीनन और उनकी पत्नी, जोदोनों अमेरिकी थे, प्रदर्शनी में आए। दोनों ने कुछ खादी खरीदी। कंपनी के दूसरे अफसर भी आए, प्रायः सभी प्रदर्शनी में आए। खादी की बिक्री भी अच्छी हुई। लोगों के आग्रह पर एक और प्रदर्शनी शहर के दूसरे मुहल्ले में भी की गई। इस साल सूबे में सभी बड़े-बड़े शहरों में प्रदर्शनियाँ की गईं।" राँची में भी एक प्रदर्शनी आर्य समाज मंदिर में लगी थी, जिसमें टाना भगतों ने बढ़-चढ़कर भाग लिया था। खादी के प्रचार में इनका बड़ा योगदान झारखंड के संदर्भ में रहा है।

उस समय भी खादी के उत्पादन का केंद्र उत्तरी बिहार ही था। इसके एक साल पहले, जब 1925 में गांधीजी छोटानागपुर का भ्रमण कर रहे थे, चाईबासा, खूँटी, राँची, हजारीबाग आदि क्षेत्रों में लोगों से मिल रहे थे, तभी उन्होंने झारखंड में खादी और गोवंश के क्षेत्र में काम करने का मन बना लिया था। डॉ. राजेंद्र प्रसाद की गतिविधियाँ भी बढ़ गईं। यहाँ ठक्कर बापा को भेजा गया, जो गुजरात में भीलों के लिए काम कर रहे थे। गांधीजी के दौरे के तीन साल बाद 1928 में राँची में भी खादी को बढ़ावा देने के लिए एक बड़ा केंद्र खोला गया—'तिरिल आश्रम'। तब यह काफी बियाबान जगह थी—राँची रेलवे स्टेशन से 15 किमी. दूर और जगन्नाथ मंदिर से भी एक किमी. आगे। इस धुर्वा इलाके में 24 एकड़ में गांधी के संकल्प और डॉ. राजेंद्र प्रसाद की प्रेरणा से इसकी स्थापना कर दी गई—'छोटानागपुर खादी ग्रामाद्योग संस्थान'। इसका उद्देश्य खादी का प्रचार, आदिवासी क्षेत्रों में आजादी को लेकर लोगों को जागरूक करना, आंदोलन से जोड़ना, चरखा आंदोलन को गति देना आदि-आदि।

सन् 1941 में राजेंद्र प्रसाद ने यहाँ काम-धाम देखने के लिए पाँच

लोगों को भेजा। इनमें मोती बोए, सदानंद ब्रह्मचारी, कवि शंभुनाथ सिंह, जगदीश त्रिगुणायतजी और एक उपाध्यायजी थे। शंभुनाथ सिंह एम.ए. व मोती बी.ए. करने के लिए यहाँ से चले गए। मोती बीए आगे चलकर फिल्मों में भी गीत लिखने लगे और काफी नाम कमा या। शंभूनाथ सिंह ने नवगीत में अपनी पहचान बनाई। पर, जगदीश त्रिगुणायतजी यहीं रह गए। तिरिल आश्रम खादी के प्रचार-प्रसार का एक व्यापक केंद्र बन गया था। गांधीवादियों के लिए यह एक तीर्थ-स्थल था। आश्रम स्वावलंबन का पाठ भी पढ़ा रहा था। डॉ. राजेंद्र प्रसाद इससे लंबे समय तक जुड़े रहे। 1946 में संविधान सभा का अध्यक्ष बनने के बाद वे एक सप्ताह तक इस आश्रम में रहे। वे यहाँ स्वास्थ्य-लाभ लेने के लिए आए थे। उनकी सेवा-शुश्रुषा की जिम्मेदारी जगदीश त्रिगुणायत को दी गई थी। एक सप्ताह तक जगदीशजी को डॉ. प्रसाद का सान्निध्य मिला था। यहाँ रहकर जगदीशजी कई ऐतिहासिक काम किए। उन्होंने मुंडारी लोककथा और लोकगीतों का संकलन किया। इसके बाद धरती आबा से जुड़े ऐतिहासिक क्रांति-स्थल डोंबारी बुरु के निर्माण में अहम भूमिका निभाई। यह बिरसा मुंडा और अंग्रेजी सत्ता की क्रूरता का गवाह स्थल है। उन्होंने खूँटी जिले में लड़कियों के लिए स्कूल का जाल बिछवाया। मुंडारी गीतों की प्रतियोगिताएँ करवाईं। यहाँ रहते हुए उन्होंने खूँटी में अध्यापन कार्य किया। बाद में जब यहाँ 'एच.ई.सी.' की स्थापना हुई तो वे यहाँ हिंदी अधिकारी होकर आ गए और यहीं से सेवानिवृत्त हुए। सन् 1991 में वे अपने पैतृक गाँव उत्तर प्रदेश के देवरिया चले गए। वहीं 2010 में उनका निधन हुआ। इस तरह देखें तो जगदीशजी यहाँ आए तो स्वयंसेवक बनकर, लेकिन एक अलग ही विधा में वे प्रवृत्त हो गए।

उल्लेखनीय है कि इस ग्रामोद्योग का उद्देश्य आदिवासियों में आजादी के प्रति जागृति, उनका उत्थान, चरखा का प्रचार आदि शामिल था। ये लोग एक साल तक छोटानागपुर के गाँवों में घूमते रहे। गाँवों की संस्कृति-संस्कार, रहन-सहन, नृत्य-गीत, रीति-रिवाज को देखा-परखा,

सोचा-समझा। उन दिनों की प्रकृति को लेकर शंभुनाथ सिंह ने लिखा है—सुबह जब पहाड़ी पर निकलते थे, पूरा रास्ता फूलों की सगंध से मादक हो जाता था। इतनी स्वच्छता थी कि कोई भी यहाँ के देहातों में रह सकता था। पेड़-पौधे, आकाश, वायु—सभी स्वच्छता की आभ से दमक रहे थे।

एक असुर परिवार, गुमला जिला, झारखंड

उनके प्रमुख शिष्यों में डॉ. रामदयाल मुंडा, कड़िया मुंडा आदि थे। उनके प्रमुख साथियों में भइया राम मुंडा भी थे। एक बार डॉ. रामदयाल मुंडाजी ने जगदीशजी के बारे में बताया था कि "उनका रुझान शुरू से ही आदिवासी जीवन के प्रति रहा। यहाँ के लोकगीत, लोकनृत्य और लोककथाओं के बारे में अधिकाधिक जानने को उत्सुक रहते। अपनी जिज्ञासा शांत करने के लिए कभी छात्रावास के बच्चों से पूछते, कभी आस-पास के पुराने लोगों से, कभी खुद गाँवों में निकल पड़ते और रात उन्हीं लोगों के साथ गुजारते। सात्त्विक प्रवृत्ति के कारण कभी-कभी वे गाँवों में माड़-भात पर ही गुजारा कर लेते और पुआल पर सोकर रात गुजार लेते। इस तरह खुद भी गीतों का संग्रह करते और छात्रावास के बच्चों को भी एक-एक गीत लिखकर ले आने को प्रेरित करते। इसी प्रक्रिया के तहत उन्होंने मुंडारी गीतों को संगृहीत किया।

जब वे जीवित थे, एक बार उनसे फोन पर बातचीत हुई थी। शायद 2007 या 2008 हो। त्रिगुणायतजी ने बताया था, "उनकी (आदिवासियों)

सेवा करने का मौका नहीं मिलता तो उनकी संस्कृति को नहीं जान पाते। उनके गीतों के संग्रह के लिए पहले उनके दुःख-सुख में शामिल हुआ। उनके जीवन-संघर्षों को समझा। उनके साथ आत्मीयता कायम की। उनको समझने का प्रयत्न किया। उन्होंने भी मुझे समझा और मुझ पर विश्वास किया। इस तरह उनके साथ एक रिश्ता बना, जो विश्वास की डोर से बँधा था।"

त्रिगुणायतजी ने यह भी बताया था, "आदिवासियों को पढ़ाना-लिखाना, उनका बौद्धिक विकास करना संस्था का उद्‌देश्य था।" बड़े उत्साह से मोबाइल पर वे अपने अनुभव सुनाए और यह कहना नहीं भूले कि उस समय मधु कोड़ा के गाँव का एक लड़का भी था। वे भावुक होकर बताए, "उस समय आश्रम में 50 से 70 लड़कों को रखा जाता था। लड़कियों की शिक्षा के लिए विशेष व्यवस्था की गई थी।" इस तरह उनका मन उनके विकास के साथ-साथ उनकी लोककथाओं में लगा, जिसकी परिणति के रूप में उनकी दो पुस्तकें—'बाँसरी बज रही' और 'मुंडा लोककथाएँ' आईं। 'बाँसरी बज रही' 1957 में बिहार राष्ट्रभाषा परिषद् से प्रकाशित हुई और 'मुंडा लोककथाएँ' 1968 में बिहार कल्याण विभाग से। हालाँकि यह पुस्तक 1960 में ही कल्याण विभाग के हवाले हो गई थी, लेकिन प्रकाशन में आठ वर्ष का समय लग गया।

मुंडाओं के लोकगीत और उनकी कथाएँ इतनी महत्त्वपूर्ण हैं कि उनका पूरा इतिहास ही इनमें समाया हुआ है। खूँटी के आस-पास ही इनका निवास है। झारखंड में मुंडाओं के आगमन की कहानियाँ उनके लोकगीतों से खुलती हैं। इनका पूरा इतिहास उनके गीतों और लोककथाओं में भरा पड़ा है। यह जानी हुई बात है कि लोककथाओं में साहित्य के तत्त्व, सौंदर्य और संस्कृति का ही समावेश नहीं रहता, बल्कि उसमें इतिहास भी दर्ज रहता है। मुंडाओं के आगमन का इतिहास यदि खोजना हो तो उनकी लोककथाएँ सबसे प्रामाणिक स्रोत सिद्ध होती हैं। शरतचंद्र राय की 'मुंडाज एंड देयर कंट्री' से लेकर कुमार सुरेश सिंह की 'बिरसा मुंडा और

उनका आंदोलन' कताबों में गीतों के जरिए ही उनके इतिहास को पकड़ने की कोशिश झलकती है। इसके पहले वेरियर एल्विन ने 'सॉग्स ऑफ द फॉरेस्ट' लिखा। आर्चर ने अपने अध्ययन में आदिवासी जीवन को शामिल किया। हाफमैन मुंडारी पर कोश भी तैयार किया। सभी ने लोककथाओं के जरिए इतिहास सूत्रों को पकड़ने की कोशिश। त्रिगुणायतजी तो हिंदी-भोजपुरीभाषी थे, लेकिन काम किया मुंडा और उराँवों की भाषा पर। ऐसा नहीं है कि उन्होंने हिंदी में कुछ नहीं किया। वे कवि भी थे और अनुवादक भी। 'अरुणोदय' उनकी कविताओं का पहला संग्रह है। इसका दूसरा संस्करण संवत् 2010 में आया था, जिसे राँची जिला शिक्षक सहयोग भंडार लि., राँची ने प्रकाशित किया था। इसकी भूमिका हरिवंश राय बच्चन ने लिखी है और तिथि अंकित है—13 अगस्त, 1951। इसके बाद 'छायागान' उनकी अंग्रेजी से अनूदित कविताओं का संग्रह है। इन्होंने अंग्रेजी के कुछ महान् कवियों की कविताओं का अनुवाद किया था। कुल 21 कवियों को इसमें शामिल किया है। इसमें कालरिज, रॉबर्ट लुई, रॉबर्ट हेरिक, विलियम ब्लेक, लॉर्ड हाउटन, विलियम शेक्सपियर, विलियम वड्सर्वर्थ आदि। इसका प्रकाशन संवत् 2011 में हुआ। यह प्रगति प्रेस, राँची से छपी थी। इनकी कुछ और भी रचनाएँ हैं। 'सोसोबोंगा' 1960 में स्वतंत्र पुस्तक के रूप में प्रकाशित हुई थी। इसे शिक्षक सहयोग संघ ने ही प्रकाशित किया था। उसके अध्यक्ष महेंद्र प्रसाद (एम.एल.सी.) ने प्रकाशकीय में लिखा था, "लोक-साहित्य के प्रेमियों के लिए श्री जगदीश त्रिगुणायतजी अब अपरिचित नहीं हैं। यह उनकी चौथी रचना है।" 'अरुणोदय', 'छायागान' और 'वनदेवता' इसके पूर्व प्रकाशित हो चुके थे। अब ये संग्रह भी उपलब्ध नहीं हैं। 'सोसोबोंगा' भी अब पुनः प्रकाशित हो रही है। 'मुंडा लोककथा' में इसे शामिल किया गया है। इस संदर्भ में जगदीशजी ने लिखा है, "मेरे इस संग्रह की एक प्रसिद्ध धर्म-गाथा 'सोसोबोंगा' अलग से एक स्वतंत्र पुस्तक के रूप में पहले ही प्रकाशित हो चुकी है, किंतु एक विशिष्ट समाज के कथा-संग्रह से उसकी सर्वोत्तम

कथा को बाहर रखना किसी भी प्रकार वांछनीय नहीं था।" त्रिगुणायजी ने करीब 58 लोगों की सूची भी दी है, जिन्होंने लोककथा-संग्रह में सहयोग किया था। वे कृतज्ञतापूर्वक उनका आभार प्रकट करते हुए लिखते हैं, "यह रचना उन्हीं की तो है, मेरी किस्मत तो इस पावन कार्य के लिए सिर्फ निमित्त बनने की थी।" वे अपने को निमित्तमात्र ही मानते हैं। इसका पूरा-पूरा श्रेय वे मुंडा समाज को देते हैं। अपने मुंडा छात्रों को देते हैं। यहाँ यह भी कहना जरूरी है कि 'सोसोबोंगा' के कई पाठ मिलते हैं, जिसकी चर्चा हम आगे करेंगे। कथा को आगे बढ़ाने से पहले हम असुर जनजाति के बारे में भी जान लें।

असुर और लोहा गलाने की तकनीक

दुनिया में लोहा गलाने की तकनीक कब विकसित हुई, कहाँ विकसित हुई, किस प्रकार विकसित हुई, इस बारे में अभी तक कोई पुख्ता जानकारी नहीं मिलती है; पर झारखंड-छत्तीसगढ़ की असुर-अगरिया जनजाति लोहा गलाने की तकनीक जानते थे। उन्हें पता था कि किस मिट्टी में लोहा है। यह पहचान उनको थी। उन्होंने इस मिट्टी में पाए जाने वाले लौह अयस्क को गलाने की तकनीक विकसित की होगी और फिर जरूरी उपकरण एवं हथियार बनाए होंगे। इसमें एक लंबा समय लगा होगा। के.एन.वी. राव अपने लेख 'अ ब्रिफ हिस्टरी ऑफ द इंडियन आयरन एंड स्टील इंडस्ट्रीज' में लिखते हैं, "लौह अयस्क को गलाकर लोहा बनाने की कला भारत में बहुत पहले से ही ज्ञात व प्रचलित थी और उत्पादित लोहे व स्टील को विभिन्न उपयोगी वस्तुओं का आकार दिया जाता था। प्राचीन भारत में चिकित्सा विज्ञान के महान् विद्वान् सुश्रुत (तीसरी या चौथी शताबदी ईसा पूर्व) ने अपनी पुस्तक में सौ विभिन्न शल्य-चिकित्सा उपकरणों का वर्णन किया है। प्राचीन भारतीय साहित्य तलवारों, भालों और अन्य इस्पात के हथियारों के विशद वर्णन से भरपूर है। इस बात के पर्याप्त प्रमाण हैं कि भारत में

लोहे और इस्पात का निर्माण बहुत प्राचीन है और भारत अपने निर्माण की गुणवत्ता में उत्कृष्ट था। कुछ उदाहरण देने के लिए, कहा जाता है कि जब सिकंदर ने भारत पर आक्रमण किया था तो राजा पोरस ने सिकंदर को भारतीय लोहे की 100 प्रतिमाएँ भेंट की थीं। पुराने जमाने की प्रसिद्ध दमिश्क तलवारें भारतीय इस्पात से बनाई जाती थीं। आरंभिक लौह विशेषज्ञों द्वारा प्राप्त कौशल का सबसे उल्लेखनीय प्रमाण दिल्ली के प्रसिद्ध लौह स्तंभ (300 ई.) में पाया जाता है। लगभग 20 फीट ऊँचा और 6 टन से अधिक वजनी यह अनोखा स्तंभ है। इसका निर्माण कैसे हुआ, यह मिस्र के पिरामिडों जितना ही रहस्यमय है।" वे टी.ए. हीथ (1839) का उद्धरण देते हैं, "भारतीय प्रक्रिया की प्राचीनता उसकी सरलता से कम आश्चर्यजनक नहीं है। हम शायद ही इस बात पर संदेह कर सकते हैं कि मिस्रवासियों ने जिन औजारों से अपने स्तंभों, पोर्फिरी और सेनाइट के मंदिरों को चित्रलिपि से ढका था, वे भारतीय इस्पात से बने थे। यह दिखाने के लिए कोई सबूत नहीं है कि हिंदुओं के अलावा प्राचीन राष्ट्रों में से कोई भी स्टील बनाने की कला से परिचित था। इस विषय पर ग्रीक और लैटिन लेखकों में जो संदर्भ मिलते हैं, इसके प्रति उनकी अज्ञानता को बढ़ाने का ही काम किया। वे स्टील के गुणों से परिचित थे और उसके उपयोग से भी, लेकिन ऐसा प्रतीत होता है कि वे उस तरीके से पूरी तरह अनभिज्ञ थे, जिससे इसे लोहे से तैयार किया जाता था…एक खोज के बारे में भारत का दावा, जो मानव आविष्कार की पूरी शृंखला में किसी भी अन्य की तुलना में सभ्यता और विनिर्माण उद्योग को बढ़ावा देने वाली कलाओं पर अधिक प्रभाव डाला है, यह पूरी तरह से निर्विवाद है।" अरब इदरीसी का भी हवाला देते हैं, जिसमें लिखा है, "हिंदू लोहे के निर्माण में निपुण हैं।" हाल में एच.सी. भारद्वाज ने '18वीं और 19वीं शताब्दी के दौरान भारत में लौह और इस्पात प्रौद्योगिकी का विकास' लेख में बताया है कि भारतीयों ने पहली सहस्राब्दी ईसा पूर्व में लोहा बनाना शुरू कर दिया और 18वीं शताब्दी की औद्योगिक क्रांति तक

भारतीय लौह तथा इस्पात प्रौद्योगिकी लगातार बढ़ने लगी। भारतीय लोहे और स्टील की वस्तुओं की बहुत माँग थी और स्टील के 30 पाउंड के टुकड़े को भारतीय राजा पोरस द्वारा मैसेडोन के विश्व विजेता अलेक्जेंडर को दिया गया एक श्रेष्ठ उपहार माना जाता था। पूर्व-ईसाई युग से संबंधित तिन्नवेल्ली जिले के आदिचिनल्लूर में प्राचीन दफन स्थलों से तलवारें, खंजर, भाले, त्रिशूल, तीर, कुदाल आदि सहित लोहे की वस्तुएँ, भारतीय लौह और इस्पात उद्योग की शिल्प-कौशल एवं प्राचीनता की गवाही देती हैं। चौथी शताब्दी ईस्वी में दिल्ली का लौह स्तंभ और धार में विशाल लौह स्तंभ, जिनका वजन क्रमशः 6 और 7 टन था, भारत में लौह धातु विज्ञान की निरंतर वृद्धि को साबित करते हैं। मध्यकाल के दौरान कोणार्क के सूर्य मंदिर और उड़ीसा के अन्य स्मारकों में लोहे के बड़े बीमों का उपयोग किया गया था। 16वीं और 17वीं शताब्दी की बड़ी संख्या में बंदूकें, जिनमें से कुछ का वजन 35 टन से अधिक था, स्पष्ट रूप से सिद्ध करती है कि भारत लोहा और इस्पात की वस्तुएँ बनाने में सबसे आगे था और यह उद्योग गुणवत्ता के साथ-साथ भारी वस्तुओं की फोर्जिंग और वेल्डिंग में भी उल्लेखनीय था।" वे बताते हैं कि "18वीं शताब्दी के दौरान भारत के विभिन्न हिस्सों में हजारों भट्ठियाँ काम कर रही थीं और प्रति वर्ष लगभग 1.2 से 3 टन लोहे का उत्पादन कर रही थीं। लौह प्रगलन उन क्षेत्रों में फल-फूल रहा था, जहाँ लौह अयस्क और ईंधन प्रचुर मात्रा में उपलब्ध थे। भट्ठियाँ मिट्टी से बनी होती थीं और गलाने का काम पारंपरिक तरीकों से किया जाता था, जो कारीगर परिवार को दिया जाता था। यह उद्योग वर्तमान राज्यों—असम, बंगाल, मध्य प्रदेश, आंध्र प्रदेश, तमिलनाडु और उड़ीसा में अधिक समृद्ध था। असम में 15वीं शताब्दी से थाय तिरुगाँव और हट्टीगर लौह निर्माण के प्रसिद्ध केंद्र हैं। 19वीं शताब्दी के आरंभ में तीन हजार से अधिक लोहार इस उद्योग में सक्रिय रूप से लगे हुए थे, हालाँकि यह उद्योग धीरे-धीरे लुप्त हो गया।"

खूँटी जिले में असुरों के अवशेष

विभा त्रिपाठी एवं प्रभाकर उपाध्याय ने 'सोनभद्र क्षेत्र के आसपास लौह कार्य का तकनीकी अध्ययन' में पाया है कि "प्राचीन विश्व में भारत लोहा और इस्पात उत्पादन में सबसे आगे था। यूनानी वृत्तांतों के अनुसार, 5वीं-4वीं शताब्दी ईसा पूर्व से उत्कृष्ट गुणवत्ता वाले स्टील का उत्पादन, यहाँ तक कि प्राचीन दुनिया के वभिन्न हिस्सों में निर्यात भी किया जा रहा था। सामान्य युग की प्रारंभिक शताब्दियों तक भारतीय उपमहाद्वीप में महत्त्वपूर्ण लौह उत्पादन केंद्र थे। लौह अयस्क से समृद्ध विंध्य-कैमूर क्षेत्र, वर्तमान अध्ययन का क्षेत्र प्राचीन भारतीय लौह प्रौद्योगिकी के साक्ष्य के लिए एक सभावित क्षेत्र है। इसका उद्‌देश्य भारत के इस हिस्से में, विशेष रूप से सोनभद्र क्षेत्र के आसपास, जो पुरातात्त्विक, नृवंशविज्ञान और धातुकर्म साक्ष्य से समृद्ध हैं, लौह प्रौद्योगिकी का बहुविषयक अध्ययन करना है। अगरिया और असुर जैसे भारत के पारंपरिक लौह गलाने वालों ने हाल के दशकों तक यहाँ पुराने तरीके से लोहा और इस्पात का उत्पादन किया है।" इन्होंने पाया कि सोनभद्र का क्षेत्र लोहे के पुरातात्त्विक और जातीय साक्ष्य दोनों से समृद्ध है, इसलिए यह इस तरह के अध्ययन के लिए आदर्श है। रायपुरा जैसे

प्राचीन लौह उत्पादन केंद्र प्रकाश में आए। उत्खनन से प्रारंभिक संदर्भ में तैयार लोहे की वस्तुओं के साथ-साथ भट्ठियाँ, फोर्ज भी प्राप्त हुए। इस स्थल पर लोहे की शुरुआत पूर्व-एन.बी.पी.डब्ल्यू. काल में लगभग 1700-1600 ईसा पूर्व में हुई थी।" यही नहीं, 7वीं -छठीं शताब्दी तक विंध्य-गंगा क्षेत्र उच्च गुणवत्ता वाले लोहे का उत्पादन कर रहा था, जैसा कि मैदानी इलाकों के स्थलों से नमूनों के विश्लेषण से संकेत मलता है।" इन उद्धरणों से पता चलता है कि प्राचीन काल में भारत में लोहा गलाने और इससे उपकरण बनाने के कई केंद्र थे। सिर्फ छोटानागपुर और छत्तीसगढ़ ही नहीं और असुर-अगरिया के अलावा भी लोग इस पेशे से जुड़े थे। हाँ, अभी तक यह साक्ष्य नहीं मिला है कि हम इसे कितना पीछे ले जा सकते हैं।

इसी तरह का एक सवाल आज भी अबूझ बना हुआ है कि असुर झारखंड में कब से हैं? कहाँ से आए? इस बारे में भी इतिहास के पन्ने कोरे ही हैं। हाँ, छोटानागपुर में असुर जाति के आगमन के इतिहास के संबंध में एक एक दंतकथा जरूर प्रचलित है। डॉ. प्रकाश उराँव ने 'बिहार के असुर' में इस कथा को दिया है। इस कथा में उनके छत्तीसगढ़ से आकर यहाँ बसने का जिक्र है। कथा है, "छत्तीसगढ़ के पाटन में ये असुर लोहा गलाने का काम करते थे। यह इलाका कोरवा राजा के अधीन था। एक दिन असुर व्यापक स्तर पर लोहा गला रहे थे। गलाने के क्रम में भट्ठी से निकलने वाला धुआँ गाँवों में भर गया। संयोगवश उसी दिन कोरवा राजा के यहाँ कुछ कार्यक्रम था। दूर-दूर से मेहमान आए थे। मेहमान इस धुएँ से परेशान हो उठे। इसके बाद कोरवा राजा ने अपने सिपाहियों को उन्हें राज्य से बाहर खदेड़ने का हुक्म दे दिया, फिर ये विवश होकर गुमला, पलामू, नेतरहाट, राँची में आकर शरण लिये। यह क्षेत्र उनके अनुकूल भी था और कोरवा राजा के राज्य से बाहर पड़ता था। फलतः असुर जाति के लोग यहाँ आकर स्थायी रूप से रहने लगे और पारंपरिक पेशा व खेतीबारी करने लगे।"

इस दंतकथा से कालखंड का पता नहीं चलता है कि आखिर वे कब यहाँ आए? इसी तरह प्रकाश उराँव असुर-उराँव के बीच लड़ाई का भी जिक्र करते हैं—"असुर लोगों का कहना है कि एक बार असुर और उराँव जनजाति के बीच जमकर लड़ाई हुई। लड़ाई का कारण जमीन संबंधी विवाद था। जैसा कि सूचनादाताओं से ज्ञात हुआ कि जब असुर पाटन से भागकर पाट क्षेत्रों में आकर बसे तो उन्होंने जंगलों को काटकर खेती-योग्य जमीन बनाया, लेकिन उराँव ने उनकी खेती-योग्य जमीन छीनकर उन्हें जंगल में भगा दिया। फलतः दोनों जनजातियों के बीच जमकर लड़ाई हुई। असुर जनजाति के लोगों ने उराँव लोगों को मार डाला, जो निकटतम क्षेत्रों में निवास करते थे। एक असुर एवं एक उराँव में घनिष्ट मैत्री संबंध था। इस संबंध के कारण असुर ने उराँव मित्र को अपने घर में छिपाकर उसकी जीवन रक्षा की। कहा जाता है कि उसी उराँव के वंशजों ने कृषि-योग्य समतल भूभागों पर अपना अधिकार कर कृषि कार्य में काफी उत्थान किया।"

यदि ऐसा है तो यह कथा भी बहुत बाद की होगी, क्योंकि उराँव जनजाति झारखंड में शेरशाह सूरी के समय आई।

इन दंतकथाओं के अलावा जो भौतिक साक्ष्य मिलता है, वह इनके प्राचीनतम निवासी होने का संकेत करता है। पर, झारखंड में आदिकालीन बस्तियों के होने के भी संकेत मिलते हैं। हाल में हुए शोध से पता चलता है कि झारखंड की भूमि में करीब आठ हजार आदिम बस्तियाँ थीं। यहाँ पाषाणकालीन हथियार तो मिले ही हैं। साथ ही गुफाओं में शिकार के जो चित्र मिले हैं, उन पर अध्ययन अभी शेष है। इनके बस्तियों में रहने वालों के वंशज आखिर कहाँ गए? या वे कौन हैं? अभी न इसकी पहचान हो सकी है, न इस दिशा में कोई ठोस शोध-कार्य ही हुआ है। इन भौतिक अवशेषों से यही लगता है कि यह जनशून्य धरती नहीं रही है। इस दंतकथा पर विश्वास भी कर लें तो यह कह सकते हैं कि उनके आने से यहाँ पूर्व से रह रही जातियों को कोई परेशानी नहीं हुई और वे

यहाँ निरापद लोहा गलाने का काम जारी रखे। पर जब मुंडा यहाँ आज से ढाई हजार साल पहले आए तो उनके साथ उनका संघर्ष हुआ, जो इस 'सोसोबोंगा' कथा में है। लेकिन इस संघर्ष में मुंडा स्वयं असुर से नहीं लड़ते हैं। उनकी ओर से यह लड़ाई अकेले 'सिंगबोंगा' लड़ते हैं।

मिथकीय असुर बनाम जनजातीय असुर

इस प्रश्न से आप भी गुजरे होंगे कि हिंदू शास्त्रों में असुरों का जो वर्णन है, क्या वे ही आज के समय की असुर जनजाति हैं? वेदों में या अन्य पौराणिक ग्रंथों में उन्हें लोहा गलाने वाला नहीं बताया गया है। ऋग्वेद में कई स्थानों पर 'असुर' शब्द का उल्लेख है। बाद के ग्रंथों में भी इनका वर्णन है। कुछ सिंधु और मोहनजोदड़ो की सभ्यता के प्रतिष्ठापक भी इन्हें ही कहते हैं। देव व असुर—दोनों की वंशावलियाँ देखेंगे तो इन्हें आप अलग-अलग प्रजाति का नहीं पाएँगे। ऋग्वैदिक असुर और देव अलग-अलग नहीं, बल्कि एक ही परिवार के वंशज दिखेंगे। वहाँ भी कई जगहों पर बहुत सम्मान के साथ याद किए गए हैं। इसलिए वर्तमान असुर को पौराणिक असुर के साथ जोड़ना उचित नहीं प्रतीत होता। गेट्स ने माना है कि वर्तमान के असुरों को आदिकालीन असुर से जोड़ने का कोई औचित्य नहीं है। ईटी डाल्टन और रिजले एक बात कहते हैं कि ये यहाँ के मुंडाओं द्वारा निर्वासित कर दिए गए थे। फलत: छत्तीसगढ़ के जंगलों में शरण प्राप्त किया होगा, जहाँ से पुन: कोरवा राजा द्वारा निर्वासित होकर छोटानागपुर में आ बसे।" पर सवाल है कि मुंडा तो तब भी थे तो क्या इस बार मुंडाओं ने विरोध नहीं किया? तब भी हम पौराणिक असुरों से वर्तमान असुरों का संबंध नहीं देख पा रहे हैं। दोनों के बीच नाम साम्य होने के अलावा और कुछ नहीं है। श्रीरंग 'असुर आदिवासी' में लिखते हैं, "वैदिक काल में असुरों की इतनी महत्ता थी कि ऋग्वेद में 'असुर' शब्द का प्रयोग लगभग एक सौ पाँच बार हुआ। इसमें नब्बे स्थानों पर इसका प्रयोग 'शोभन' के अर्थ में और

मात्र पंद्रह स्थानों पर देवताओं के शत्रु के रूप में हुआ है। और असुर का अर्थ प्राणवंत, प्राणशक्ति के अर्थ में हुआ। निरुक्त 3-8 में कहा गया है कि 'असुराति प्राणनासात शरीरे भवति।' आर्य, इंद्र और वरुण के लिए भी 'असुर' शब्द का प्रयोग करते थे।" इस तरह वैदिककाल या बाद के पौराणिककाल में जो असुर दिखते हैं, उनके कार्य को देखकर हम आज की असुर जनजाति को उनके साथ नहीं जोड़ सकते हैं।

लातेहार में एक असुर गाँव

कुछ इतिहासकार आर्य-अनार्य संघर्ष के रूप में देखते हैं। पर क्या 'आर्य' शब्द प्रजाति के रूप में भारतीय वाङ्मय में है ? गोविंदचंद्र पांडेय ने 'भारतीय समाज : तात्त्विक और ऐतिहासिक विवेचन' में इस ओर संकेत किया है—"वास्तविकता यह है कि आर्यों की एक प्रजाति के रूप में कल्पना ही संदिग्ध है। भारोपीय भाषाओं की समानताएँ देखकर एक मूल भाषा की कल्पना की गई है और उसके मूल वक्ताओं को 'आर्य' की संज्ञा दी गई है। इन आर्यों के रूप-रंग की भी कोकेशियायी मूल के अनुरूप कल्पना की गई है। पर जहाँ तक प्रमाणित है कि वदित इतिहास के आसन्न पूर्व युग में नाना आर्य बोलियाँ एक विस्तृत भूखंड

में प्रचलित थीं, जो कि सिंधु और वंक्षु से कैस्पियन की ओर फैला थी। जिन जनों में ये बोलियाँ प्रचलित थीं, उनकी इस युग में एक-प्रजातीयता का कोई प्रमाण नहीं है, न उनके रूप-रंग की एकता का ही कोई प्रमाण है। वंक्षु और सिंधु के अंतराल में संस्कृतभाषी जन उस प्रदेश के बाहर से आए आक्रमणकारी जन थे और उनका स्थानीय 'अनार्य' जातियों के जनों से निरंतर संघर्ष होता रहा, इसका भी कोई प्रमाण नहीं है। 'दास' का अर्थ मानवीय प्रजातिपरक मानने के लिए भी न परंपरा में, न मूल संदर्भों में कोई पर्याप्त प्रमाण है। वेदोक्त संग्राम सनातन देवासुर संग्राम है, न कि ऐतिहासिक मानवीय संग्राम। आर्य का प्रजातिपरक अर्थ भी नितांत आधुनिक है, उसका परंपरासम्मत अर्थ शिष्ट, सज्जन अथवा धार्मिक ही है। आर्य-दास प्रजातीय संघर्ष की समूची कल्पना आधुनिक पाश्चात्य इतिहास के विदित प्रजातीय संघर्षों की प्रतिध्वनि मात्र प्रतीत होती है। वस्तुतः रंगभेद या प्रजातिभेद का प्रबल बोध अर्वाचीन युग से पहले विरल था। भाषा-भेद की प्रतीति अवश्य सार्वत्रिक थी, धर्मभेद की संघर्षजनक प्रतीति सामी जातियों में अवश्य थी, पर अन्यत्र विरल। प्राचीन यूनान, रोम और चीन की तरह प्राचीन भारत में भी भाष-संबद्ध शिष्टता का भेद प्रबल था, पर वह जातीय संघर्ष का कारण नहीं था, संघर्ष इन संस्कृतियों में तात्कालिक राजनीति से ही जुड़ा था। इस प्रकार आर्यत्व की प्राचीन भारतीय अवधारणा भाषानुशासन और शिष्ट परंपरा से अवश्य जुड़ी थी, पर किसी प्रकार के जातीय संघर्ष की द्योतक नहीं थी।"

इस लंबे उद्धरण से स्पष्ट है कि पश्चिमी अवधारणा को अपने ढंग से भारतीय परंपरा की अनदेखी करते हुए थोप दिया गया। आर्य यदि बाहर से आए थे, तो कहाँ से? जो आर्य, यदि यहाँ जाति ही मान लिया जाए, तो वे अपनी मातृभूमि की वंदना करते हैं और उसे स्वर्ग से भी सुंदर कहते हैं, लेकिन वे कहीं भूल से भी अपनी कथित मातृभूमि का जिक्र तक नहीं करते। ऊपर एक उद्धरण आया है कि असुर छोटानागपुर से मुंडाओं द्वार निर्वासित होने के बाद वे पाटन गए और फिर वहाँ से

निर्वासित होने के बाद छोटानागपुर में पुनः वापस आ गए। तो क्या आर्यों के संबंध में यह नहीं कहा जा सकता कि वे भारत से गए और फिर वापस आ गए। यद्यपि इस अवधारणा में भी पेच कम नहीं है।

जहाँ तक संघर्ष की बात है, तो आर्य-अनार्य, देव-असुर आदि-आदि मूलतः यह सांस्कृतिक और मूल्यों का ही संघर्ष है। रामायण में हम राम को रक्ष संस्कृति के संस्थापक रावण से लड़ते हुए पाते हैं, लेकिन महाभारत में दो भाइयों के संघर्ष को ही पाते हैं। यहाँ न कोई राक्षस है, न असुर। दोनों का एक ही कुल-गोत्र है। रावण को लेकर एक दुष्प्रचार यह है कि हिंदू उसे हर साल जलाते हैं, पर वे यह नहीं बताते हैं कि हर शिव मंदिर में रावण-रचित शिव स्तोत्र का पाठ भी हिंदू ही करते हैं। यदि रावण से इतनी घृणा होती तो क्या रावण की रचना को किसी मंदिर में स्थान मिलता? एक बात और उल्लेखनीय है। ऐसे लोग एक ओर तो राम को काल्पनिक मानते हैं, दुर्गा को काल्पनिक मानते हैं, लेकिन रावण और महिषासुर उनके लिए ऐतिहासिक नायक हैं। यदि राम-दुर्गा काल्पनिक हैं तो रावण-महिषासुर भी काल्पनिक ही होंगे! इधर कुछ लोग रावण को अपना पूर्वज मानने लगे हैं, पर रावण ने तो वेद का संपादन भी किया था, वह शिव का उपासक था। देवघर के बाबा बैद्यनाथ की कथा सीधे-सीधे रावण से ही जुड़ती है। यदि वे रावण को अपना पूर्वज मानते हैं तो वेद से फिर एलर्जी क्यों? आचार्य चतुरसेन ने 'वैदिक संस्कृति पर आसुरी प्रभाव' में रावण के बारे में लिखा है, "सबसे प्रथम उसने वेद का संपादन किया। उस समय वेद ही एकमात्र आर्य साहित्य था, वह भी मौखिक। उसने अपने पिता से वेद पढ़ा था, उस पर विचार किया था। उस वेद का उसने संपादन किया। ऋचाओं पर उसने टिप्पणियाँ तैयार कीं। मूलमंत्रों की व्याख्या की···और उसका काम 'कृष्णयजुर्वेद' के नाम से विख्यात हुआ।" कुबेरनाथ राय राम-रावण युद्ध को दो संस्कृतियों के युद्ध के रूप में देखते हैं। इसलिए आज की असुर जनजाति को वैदिक या पौराणिक काल के असुर से जोड़ना कतई उचित नहीं प्रतीत होता है।

'पर यह अंतिम सत्य है', यह कहना भी उचित नहीं। हो सकता है, कुछ ठोस अध्ययन और प्रामाणिक स्रोत आगे चलकर हस्तगत हो जाए, तब अवधारणाओं को बदला जा सकता है। अभी धरती के अंदर बहुत कुछ छिपा हुआ है।

झारखंड में मिले साक्ष्य

झारखंड में ही इनके प्राचीन रहवास के बहुत से अवशेष और साक्ष्य मिले हैं। प्रसिद्ध मानवशास्त्री शरतचंद्र राय ने खूँटी में सर्वप्रथम सन् 1916 में खुदाई की थी। उन्होंने पाया कि गाँव खूँटी टोला के एक बड़े भूखंड पर 50 की संख्या में पत्थर की बड़ी-बड़ी पट्टिकाएँ दिखाई पड़ रही थीं। उनमें से 12 की उन्होंने खुदाई की। इन खुदाइयों के दौरान उन्होंने पाया कि वे वस्तुतः कब्र थीं, जिनमें मृत्तकों की हड्डियों के अतिरिक्त विविध आकार-प्रकार के मृदभांड भी रखे गए थे। इनमें से कुछ मृदभांड एक के ऊपर एक, और इस तरह से अधिकतम एक बार में चार रखे गए थे। प्रत्येक बड़े मर्तबान के भीतर एक छोटा चुक्का (सँकरे मुँह वाला जग) एवं एक मिट्टी का दीपक रखा गया था। कुछ बड़े मर्तबान में कुछ सामग्री, यथा ताँबे के आभूषण एवं पत्थर व ताँबे से बनी मनको को भी रखा गया था। इन खुदाइयों में श्री राय को ताँबे के कड़े, काँसे के कड़े, काँसे की घंटियाँ, ताँबे की पायल, लोहे के बने छल्ले व कड़े तथा लोहे के कई अन्य औजार भी मिले थे। सन् 1944 में ए. घोष ने इन स्थलों का पुनः सर्वेक्षण किया एवं पाया कि वहाँ हड्डियों के टुकड़े एवं लाल मिट्टी के रंग वाले मृदभांड के टुकड़ भद्दे किस्म के व मोटे अनुभाग वाले बिखरे हुए पड़े थे। इसके अतिरिक्त उन्होंने इस स्थल से एक मिट्टी के बरतन का ढक्कन, मर्तबान का एक टुकड़ा तथा दोहरी पक्तियों से बने सकेंद्रित वृत्तों के अलंकरण वाले दो ठीकरों को भी प्राप्त किया था। इस स्थल की तिथि ईसवी सन् की प्रारंभिक सदी निर्धारित की जाती है।

एस.सी. राय ने अपने एक नोट्स में लिखा कि पिछले कुछ समय से मुंडा परंपरा के असुरों में मेरी रुचि रही है, और मैंने पिछली शरद ऋतु (पूजा) की छुट्टियों का लाभ उठाते हुए, जो कि पूर्व भूमि प्रतीत होती है, उसके कुछ हिस्सों का प्रारंभिक दौरा किया। राँची थाना क्षेत्र के कालामाटी के पास कांची नदी के उत्तरी तट से लेकर दक्षिण में सिंहभूम जिले की सीमा पर फुलझर नदी के तट तक, मुझे जगह-जगह ऐसे गाँव मिले, जिनमें बहुत प्राचीन ईंट की इमारतों, पत्थर के मंदिरों और मूर्तियों के अवशेष थे। सिनेरी कलश और कब्र के पत्थरों के विशाल स्लैब और स्तंभ, बड़े टैंक ज्यादातर गाद से भरे हुए हैं, जो स्थानीय रूप से 'असुर' नामक प्राचीन लोगों के लिए जिम्मेदार हैं, जिनके बारे में कहा जाता है कि उन्होंने मुंडाओं के आगमन से पहले छोटानागपुर पठार पर कब्जा कर लिया था, उन्हें स्वाभाविक रूप से मुंडाओं द्वारा अत्यंत शक्तिशाली ताकत रखने वाली असामान्य रूप से लंबे कद और विशाल अंगों वाली जाति के रूप में दरशाया गया है। उन्हें ताँबे से बनी चीजें मिलीं। खूँटी में भी तजना नदी के किनारे विशाल मैदान में दीवारों के अवशेष देखे जा सकते हैं। हालाँकि स्थानीय लोगों के विरोध के कारण यहाँ खुदाई नहीं हो सकी। यदि यहाँ खुदाई हो तो इतिहास का एक दुर्लभ अध्याय से साक्षात्कार हो सकता है। अब ये असुर नेतरहाट के पाट में जा बसे हैं।

आजादी के बाद के.के. लेउवा व वेरियर एल्विन ने असुर जनजाति पर काफी गहरा अध्ययन किया। एल्विन ने 19 सालों के अंतराल पर असुर क्षेत्र का दो बार भ्रमण किया। उन्होंने असुर को पारंपरिक लौहकर्मी की संज्ञा दी थी। एल्विन के साथ रूबेन ने भी इन्हें भारत का प्राचीन लौहकर्मी माना है। अब एल्विन 19 साल के बाद दूसरी बार असुर क्षेत्र में गए तो पाया कि लौह पिघलाने की विधि समाप्ति पर है। एल्विन को भरोसा था कि यह तकनीक दुबारा पुनर्जीवित हो सकेगी, लेकिन आज तक नहीं हो पाई। वहीं, केके लेउवा की 'द असुर' 1963 में प्रकाशित हुई थी। एल्विन ने इसकी भूमिका लिखी है। के.के. लेउवा इसमें असुर

के प्राचीन निवास के बारे में जानकारी देते हैं। सखुआपानी के कालू महतो और अन्य असुरों ने उन्हें बताया कि "असुर असुरगढ़ में रहते थे। असुर के बारह भाई और तेरह भाई लोधा पूर्व में असुरगढ़ में रहते थे। वहाँ से वे इस स्थान पर आए और यहीं बस गए। इस क्षेत्र में असुर और लोधा—दोनों सद्भाव व शांति से रहते थे। असुरों ने पेड़ों को उखाड़ दिया और कोयला जलाने तथा लोहा गलाने के लिए जंगलों को साफ कर दिया। लोधा ने असुरों द्वारा साफ किए गए जंगलों के टुकड़ों पर खेती की और उन चावल और बाजरा उगाया। असुरों ने लोधा के साथ अपना लोहा चावल से बदला, जिसका वजन दो से चार गुना अधिक था। समय के साथ असुरों ने लोहा गलाना छोड़ दिया और खेती करने लगे।"

एक कथा में उराँव जनजाति भी जुड़ती है। इस कथा में असुर एक राजा के तौर पर चिह्नित है। उराँव ने एक पालकी देखी, जिस पर शाही जोड़ी थी, यानी एक राजा व एक रानी। उराँव उनकी पहचान के बारे में नहीं जानता था। उसने कभी नहीं सोचा था कि यह जोड़ी असुर जनजाति से है। जब वे साल के जंगल से गुजर रहे थे, बीर असुर राजा ने कहा, "कितना सुंदर साल का जंगल है! इन पेड़ों से कितना अच्छा कोयला जलाया जा सकता है?" राजा को शायद ही पता था कि उसकी सहज उद्दामता उसे को लोहा गलाने वाली जनजाति से जोड़ देगी, जिसे निम्न मूल का माना जाता था। पालकी उठाने वालों ने पालकी उतार दी और राजा व रानी को जंगल में घूमने के लिए छोड़ दिया। उन घने जंगलों से घर जाने का रास्ता न मिलने के कारण उस जोड़ी ने वहीं बसने का फैसला किया। उन्होंने एक छोटी सी झोपड़ी बनाई और साल के फलों पर गुजारा करने लगे। राजा जंगलों में जाकर साल के वृक्षों को कटवाते थे और उन्हें जलाकर कोयला बना लेते थे। कोयले की सहायता से उन्होंने लौह-अयस्क से लोहा गलाया, जो वहाँ प्रचुर मात्रा में उपलब्ध था। राजा लोहा गलाने में इतना खो जाता था कि कभी-कभी घर लौटना भी भूल जाता था। कई दिनों तक वह अपने घर नहीं जा पाता था। उसकी

पत्नी उसकी अनुपस्थिति पर बहुत क्रोधित हो गई, क्योंकि ऐसा अकसर होता था। आखिरकार वह कोई साधारण महिला नहीं थी। वह चमत्कार कर सकती थी। उसने सोचा कि उसके पति को साल के मीठे फल पसंद हैं, इसलिए उसे घर आने की कोई परवाह नहीं है। जादुई मंत्रों से उसने साल के सभी फलों को कड़वा कर दिया, जिससे उसे घर वापस आना पड़ा। इसलिए आज साल के फल कड़वे हैं। उसके बाद राजा-रानी एक साथ रहते थे और पिघला हुआ लोहा खाते थे। राजा ने लोहा गलाने का व्यवसाय अपना लिया और लोहे के हल तैयार करना शुरू कर दिया, जिसे उन्होंने चावल और बाजरा के बदले में उराँव को बेच दिया। जब अनाज उपलब्ध हुआ तो दंपती ने पिघला हुआ लोहा खाने की आदत छोड़ दी। राजा बूढ़ा हो गया और लोहे का काम करते-करते थक भी गया। अब वह खेती करना चाहता था। खेती सीखने में शुरुआत में उराँव ने उनकी मदद की। बूढ़े व्यक्ति ने चार दिनों तक उराँव के खेतों में काम किया, जिन्होंने बदले में एक समूह में खेतों में काम किया और उन्हें कृषि पद्धतियाँ सिखाईं। उसे एहसास हुआ कि कृषि कम कठिन थी। इस प्रकार धीरे-धीरे असुरों ने लोहा गलाना छोड़ दिया और कृषि कार्य करने लगे।"

इस कथा में खेती-किसानी असुर उराँव से सीखते हैं, जबकि उराँव झारखंड में शेरशाह सूरी के समय झारखंड में आए। एक सवाल यह भी उठता है कि असुर व मुंडा के बीच जो संघर्ष हुआ था, वह भूमि झारखंड थी या कोई और? असुरगढ़ कहाँ था? असीरिया से भी क्या इसका संबंध था? ऋषि अंगिरस क्या इनके पूर्वज थे? बहुत सारे सवाल हैं, जिनके बारे में निश्चित रूप से अभी कुछ कहा नहीं कहा जा सकता है। इसकी भौगोलिक पहचान अभी निश्चित नहीं हो सकी है। आज जो असुरों का क्षेत्र है, वह गुमला-पलामू जिले में पड़ता है। बहुत पहले वे खूँटी में भी रहते थे। आज खूँटी मुंडाओं का प्रधान क्षेत्र हो गया है। इन कथाओं की और बारीकी से अध्ययन जरूरी है। हम किसी जल्दबाजी में निष्कर्ष पर नहीं पहुँच सकते। अब असुर खुद ही अपनी कहानी कहें।

उनकी जो मौखिक परंपरा की थाती है, वे खुद उसे लिखित परंपरा में ले आएँ। इससे हो सकता है कि कुछ और पाठ हमें मिले। वैसे भी मौखिक परंपरा, लिखित परंपरा और फिर पुरातात्त्विक अवशेषों के अध्ययन-मनन से ही हम किसी निर्णयात्मक निष्कर्ष पर पहुँच सकते हैं। कोई आधिकारिक विद्वान् ही इस पहेली को सुलझा सकते हैं।

मौखिक इतिहास का अनोखा अध्याय सोसोबोंगा

आदिवासियों का समस्त ज्ञान और इतिहास उनके लोकगीतों और लोककथाओं में हैं। 'सोसोबोंगा' भी एक ऐसा ही धर्म-कथा है, जहाँ इतिहास के भी कुछ सूत्र मिलते हैं। 'सोसोबोंगा' मुंडारी में है। मुंडा लोकानुष्ठान में इसका विशेष महत्त्व है। इसके कई पाठ हैं। सभी मुंडा जनजातियों में प्रचलित हैं, लेकिन दो पाठ असुर समुदाय में भी पाए जाते हैं। के.के. लेउवा ने 'द असुर' में इस कहानी को दिया है—*असुर कहानी का असुर संस्करण।*

वह लिखते हैं—सखुआपानी के सोमरा असुर ने मुझे असुर कहानी काफी भिन्नता के साथ सुनाई। उनके अनुसार, धरम राजा-शेख राजा स्वर्ग में असुरों की भट्ठियों से निकलने वाली गरमी के कारण परेशान थे। वह देख रहा था कि उसके प्यारे घोड़े हंसराज-पंखराज को भी अपना चारा और पीने के लिए पानी नहीं मिल रहा है। जब ढेंचुआ-महरू और केरकेट्टा-जगरू तथा कुछ अन्य पक्षियों के माध्यम से वे अपना संदेश पहुँचाकर असुरों को अपने लोहे को गलाने की प्रक्रिया को दिन या रात के समय तक सीमित रखने के लिए राजी करने में विफल रहे, तो उन्होंने धोखे से सभी असुर पुरुषों व महिलाओं को एक बड़ी भट्ठी में प्रवेश कराया। उन्हें वादा किया कि उसमें अपार धन मिलेगा। उसके बाद धरम राजा को दो असुर मिले—एक भाई और एक बहन, जो भट्ठी में प्रवेश नहीं किए थे। भट्ठी जलने पर उसने इन दोनों से धौंकनी चलवाई। कछ देर तक फूंक मार ने के बाद नीचे भट्ठी के नीचे से एक गाढ़ा लाल रंग का तरल पदार्थ बाहर निकला।

खूँटी जिले में असुर साइट

"क्या यह खून है?" भाई और बहन पूछते हैं। "नहीं, नहीं," धरम राजा जवाब देते हैं, "यह सिर्फ सोने का लावा है। जोर से फूँक मारो, जल्द ही तुम्हारे रिश्तेदार बड़ी मात्रा में सोना, चाँदी और अन्य आभूषण लेकर बाहर आ जाएँगे।" उन्होंने जोर-जोर से धौंकनी चलाई, लेकिन जब भट्ठी को मूसलों से तोड़ा गया तो असुरों की खड़खड़ाती हड्डियाँ देखकर वे दंग रह गए। असुर जनजाति को खत्म करने के अपनी योजना को पूरा होता देख धरम राजा ने घटनास्थल से भागने की कोशिश की, लेकिन असुर भाई ने जल्द ही उसे पकड़ लिया और उसकी बहन ने भी पीछे से उसकी लँगोटी पकड़ ली। उन दोनों ने धरम राजा पर दबाव डाला और माँग की, 'अब हम कैसे रहेंगे? हमारे पास निर्वाह करने के लिए कुछ भी नहीं है।"

इसके बाद धरम राजा ने उन्हें खेती की 'दाहा' काटकर जला देने की विधि सिखाई। भाई-बहन ने जंगल के एक विशाल हिस्से को साफ किया और सभी लकड़ी, टहनियाँ पत्ते एक स्थान पर लाए और आग लगा दी। जब सब जलकर राख हो गया तो बारिश होने वाली थी। धरम

राजा ने उन्हें तुंबा (लौकी) का एक बीज दिया। उन्होंने राख में बीज बोया। वह बड़ी लता बन गई और उसमें फूल आने लगे, लेकिन लता को एर्गट (एक प्रकार का खेत का चूहा) ने कुतर दिया था, जिसके बाद धरम राजा ने चूहे को भगाने के लिए 'डंडा काटा' नामक एक अनुष्ठान निर्धारित किया। इसके बाद लता में फल लगे और फल पक गए। धरम राजा ने भाई-बहन से एक खलिहान तैयार करने को कहा जहाँ लौकी लाई गई थी। उनकी पिटाई की गई, जिससे सभी प्रकार के मक्के, जैसे मडुआ, गोंदली, मक्का, उरद, मसूर दाल, सरसों, सरगुजा, बोदी आदि प्राप्त हुए।"

डब्ल्यू.एच.पी. ड्राइवर ने 1888 में प्रकाशित 'द असुर' नामक लेख में इसका जिक्र किया है। इस कथा को लेउवा ने भी अपनी पुस्तक में जगह दी है। ड्राइवर ने 'कोलारियन जनजातियों पर नोट्स' लेख में बताते हैं कि असुर एक छोटी जनजाति है, जो कोलारियन भाषा की एक बोली बोलती है, जो केवल लोहरदगा जिले के सुदूर पश्चिम में पाई जाती है। वे पेशे से लोहा गलाने वाले हैं। तब लोहरदगा में राँची भी आता था और पलामू भी। वे इनकी उत्पत्ति और इतिहास के बारे में कहते हैं, "ऐसा प्रतीत होता है कि उनके पास अपने पूर्व इतिहास के संबंध में काफी परंपराएँ हैं। उनकी उत्पत्ति और सामान्य इतिहास के संबंध में कहानी निम्नलिखित है। प्राचीन काल में वे महान् लोग थे और धौलागिर और मैनागिर पहाड़ियों पर निवास करते थे, जिन पर दो बड़ी झीलें थीं। वे चतुर कारीगर थे, पालकी में घूमते थे और गरम लोहा खाते थे। वे जमीन पर खेती नहीं करते थे, लेकिन उनके पास मवेशियों के बड़े झुंड थे। तब लोधा नामक उराँव प्रकट हुए और उनके सभी मवेशियों को ले गए, तब उन्हें जंगलों में जाना पड़ा। (उराँव के मजबूत होने के संदर्भ में कहावत है—'बारो भाई असुर, तेरा भाई लोधा', यानी असुर बारह भाई हैं, लेकिन लोधा तेरह भाई हैं।) इससे उनमें हताशा पैदा हो गई और उन्होंने मवेशियों को उठाना और उराँवों पर हमला शुरू कर दिया।

(विभिन्न कोलेरियन जनजातियों की पौराणिक कथाओं में हमेशा असुरों को लुटेरे और आग बुझाने वाले के रूप में संदर्भित किया जाता है।) ये उराँव जंगलों में उन पर हमला करने में असमर्थ थे। उन्होंने भगवान् को सहायता के लिए बुलाया, जिन्होंने एक महान् किला बनाया और सभी असुरों को आमंत्रित किया। असुर मना करने से डर रहे थे। वे सभी बुलावे पर आ गए और भगवान् ने उन्हें किले में प्रवेश करने के लिए कहा। असुर अंदर जाने से डर रहे थे। इसलिए उनके डर को दूर करने के लिए पहले वे खुद अंदर गए। इसके बाद जब सभी अंदर चले गए तो भगवान् ने गेट बंद कर दिया और ऊपर से गायब हो गए, फिर उसने किले को कोयले से भर दिया, जब वह बाहर निकला तो उसे दो असुर (भाई-बहन) मिले, जो उन लोगों के साथ अंदर नहीं गए थे। उसने इन दोनों से एक धौंकनी (जैसे कि असुर लोहा गलाने के लिए उपयोग करते हैं) ठीक करवाई और पूरी जनजाति को भस्म कर दिया। उराँव, फिर इन दोनों को ले गए और जंगलों में छोड़ दिया, जहाँ अब उनके वंशज पाए जाते हैं वे दोनों भाई-बहनों को धौंकनी का उपयोग करने की निंदा करते हैं। वे कहते हैं कि उराँव अपने दो पूर्वजों को सुदूर पूर्व से पालकी में लाए थे, लेकिन उन्हें इस बात का जरा भी अंदाजा नहीं है कि धौलागिर व मैनागिर कितनी दूर और कहाँ स्थित हैं।"

ड्राइवर आगे लिखते हैं—लोहरदगा और चाईबासा जिलों के विभिन्न हिस्सों में अच्छी तरह से तैयार पत्थर, मिट्टी, काँच और धातु के मोती एवं चाँदी के छोटे सिक्के ('पुराना हिंदू पंच सिक्का' कहा जाता है) पाए जाते हैं, जिन्हें लोगों द्वारा असुर को श्रद्धांजलि दी जाती है। लेकिन यह कहना कठिन है कि वर्तमान असुर इन सिक्कों और मोतियों का प्रयोग करने वाले लोगों के वंशज हैं या नहीं। मुझे विश्वसनीय रूप से सूचित किया गया है कि वर्तमान समय में दार्जिलिंग के बारे में भोटिया द्वारा इनसे मिलती-जुलती मालाएँ पहनी जाती हैं और धलागिर के बारे में किंवदंती के साथ संयोजन में लिया गया यह तथ्य मुझे इन लोगों की

वास्तविक उत्पत्ति के बारे में बहुत कुछ संकेत देता है। भागवत पुराण (1, 3, 24) किकट (बिहार) के लोगों को, जो उन दिनों ज्यादातर कोल थे, असुर के रूप में संदर्भित करता है और लोहरदगा के ये असुर (जो कोल भी हैं) कहते हैं कि उनका यह नाम प्राचीन काल से है। इसलिए ऐसा प्रतीत होता है कि हमारे पास हिमालय के पहाड़ों से चुटिया नागपुर की पहाड़ियों तक वर्तमान असुरों का पता लगाने के लिए संपर्क-सूत्र हैं।

वेरियर एल्विन ने 'अगरिया' पुस्तक में भी एक कथा दी है। यह कथा भी छोटी है। अगरिया भी छत्तीसगढ़ के असुर ही हैं, जो लोहा गलाने और औजार बनाने की कला जानते हैं।

कथा इस प्रकार है—रोहिदासगढ़ में बारह अगरिया, असुर-असुरिन मिल-जुलकर रहते व काम करते थे। वे लोग दिन-रात धौंकनी धौंका करते थे। वे लोहा खाया करते थे और पिघले लोहे को माँड़ समझा करते थे। वे लोग दिन-रात लोहा गलाया करते थे।

भगवान् के पास दो घोड़े थे, जिनके नाम 'अंखराज' और 'पंखराज' थे। चूँकि असुर लोग अपनी भट्ठी हमेशा गरम रखा करते थे। इसलिए भगवान् के घोड़ों के लिए वहाँ न तो कोई दाना था, न ही पानी। वे घोड़े भूख-प्यास के कारण मुरझाने लगे। तब भगवान् ने एक सफेद कौवे को दूत बनाकर असुर-असुरिन के पास भेजा कि वे लोग दिन-रात इस तरह लगातार काम न करें, सिर्फ दिन में ही काम किया करें। दूत की बात सुनकर असुर ने कहा, "यह भगवान् कौन है ? क्या है ? हम ही भगवान् हैं। हम ही शासक हैं।" उन लोगों ने उस सफेद कौवे को पकड़ा और कोयले से काला करके भगा दिया। *(गीता में कहा है कि असुर यह मानते हैं कि यह संसार असत्य है, कोई ईश्वर नहीं है। मैं ही ईश्वर हूँ, मैं ही भोक्ता हूँ, मैं ही सिद्ध बलवान और सुखी हूँ। गीता : अध्याय 16, श्लोक संख्या 8)।*

कौआ लौटकर भगवान् के पास आया और उसके साथ जो कुछ हुआ था, वह सब बताया। अतः भगवान् ने सफेद कौओं के राजा

डिचुआ को भेजा, परंतु असुरों ने एक कौवे को भी पकड़कर कोयले से पोत दिया तथा भट्ठी में रखी गरम सँड़सी से कौवे की पूँछ को दो हिस्सों में फाड़ दिया।

जब डिचुआ भी वापस लौटा और सब किस्सा भगवान् को सुनाया तो भगवान् ने अपना स्वरूप बदला और एक बूढ़े के भेस में, जिसके शरीर पर बहुत से घाव थे, सड़क के किनारे बैठ गया। सड़क के पास से निकलने वाले हरेक व्यक्ति से वह कह रहा था, कृपा करके मुझे अपने घर में नौकर रख लो! परंतु प्रत्येक असुर की पत्नी ने कहा, तुम्हारा शरीर तो घावों से भरा है, तुम हमारे लिए किस तरह काम करोगे? परंतु अंततः एक बूढ़ी विधवा ने उसे अपने घर पर नौकर रख लिया। फिर भगवान् ने अपने प्रताप से सभी भट्ठियों से खाने वाला लोहा निकलना बंद कर दिया, सभी असुर-असुरिन भूखों मरने लगे और मारे डर के किसी जादूगर को ढूँढ़ने लगे।

परंतु उस समय दुनिया में कोई जादूगर नहीं था। अंततः वे हारकर भगवान् के पास पहुँचे। भगवान् ने कहा, चलिए ठीक है, मैं आपको उपाय बताता हूँ। वे सब असुरों को लेकर भट्ठी तक गए और कहा कि सबसे पहले इस भट्ठी में किसी असुर को बंद करके जलाना होगा, तभी आपको अच्छा लोहा मिलेगा। परंतु भट्ठी में बंद होकर जलने के लिए कोई तैयार नहीं हुआ। तब भगवान् ने कहा, ठीक है, मैं तो बूढ़ा और बीमार हूँ, कल तो मुझे मरना ही है तो फिर मैं आज ही क्यों न मर जाऊँ!

वे भट्ठी के अंदर चले गए। 12 असुरों ने उन्हें अच्छी तरह गीली मिट्टी से ढंककर बंद कर दिया तथा सात दिन, सात रात तक धौंकनी धौंकते रहे। लगातार धुएँ के माध्यम से पिघला हुआ सोना व चाँदी निकल रहा था। अंततः उन लोगों ने भट्ठी खोली और भगवान् को वहाँ अपने दिव्य रूप में जीवित, उपस्थित देखा। असुरों ने आश्चर्य से पूछा कि हमने तुमको एक बूढ़े-बीमार आदमी के रूप में बंद किया था, फिर यह सब कैसे हुआ? भगवान् ने कहा, ऐसा आप लोगों के साथ भी हो

सकता है। एक साथ सबने कहा, तो फिर आप हम सबको भट्ठी में डाल दें। भगवान् ने एक-एक असुर, असुरिन को पकड़कर भट्ठी में बंद कर दिया। सिर्फ दो लोग ही बाहर बचे रहे, एक भाई और एक बहन। उन्होंने सभी भट्ठी को अच्छी तरह गीली मिट्टी से बंद कर दिया तथा धौंकनियाँ चला दी गई। आग की तेज आवाजों में भट्ठी में बैठे असुरों की चीख दब गई। वे सात दिन, सात रात तक लगातार धौंकनी धौंकते रहे, पर उन भट्ठियों से न तो कोई सोना निकला और न ही चाँदी। जब सबकुछ शांत हो गया तो उन्होंने सभी भट्ठियों का मुँह खोला तो उन भट्ठियों से बहुत सारी हड्डियाँ खड़खड़ाती हुई बाहर आईं। फिर भगवान् ने कहा, अयस्क के पत्थर, भट्ठी में भरो और उसे गरम करके गरम लोहा निकालो तथा उससे उपकरण व काम की चीजें बनाओ, इसी तरह तुम दोनों जिंदा रहोगे। यह कहकर भगवान् ने वहाँ से विदा ली। परंतु बाद में वे भाई-बहन आपस में पति-पत्नी बन गए। असुर तथा असुरिन और हम लोग उन्हीं के वंशज हैं—सच्चे बीर असुर।

इस कथा को एल्विन बीर असुरों के गाँव जोगीपथ में सुना था। अगरिया और सूर्य के बीच लड़ाई का बड़ा रोचक वर्णन इसमें किया गया है और असुर कथा में भी सूर्य, यानी सिंगबोंगा ही असुरों का विनाश करते हैं। लेउवा की कथा का संबंध एल्विन की कथा से जोड़ सकते हैं कि आखिर सोसोबोंगा में असुर विनाश के लिए सूर्य, यानी सिंगबोंगा क्यों आते हैं! इसी तरह ड्राइवर ने भी लोधा और बाहर भाई व तेरह भाई के रहस्य से परदा उठाया है। इन सभी कथाओं-पाठांतरों को एक साथ मिलाकर पढ़ने से ही कई रहस्यों से परदा उठता है और तारतम्य मिलता है। नेतरहाट व छत्तीसगढ़ की कथा में हम साम्यता देख सकते हैं। पहली कथा में एक राजा है। स्वर्ग में वह धौंकनी से परेशान है। मुंडारी की कथा पूरे विस्तार से है और लंबी है, लेकिन मुंडारी—कथा के कई पाठ मिलते हैं। जगदीश त्रिगुणायत और डॉ. रामदयाल मुंडा की कथा में कुछ भिन्नता है, लेकिन मूल स्वर दोनों का एक ही है। के.के. लेउवा

ने भी तुलना की है। वे लिखते हैं—"मुंडारी संस्करण में स्वर्गीय भगवान् सिंगबोंगा हैं, जबकि आसुरी संस्करण में यह धरम राजा-शेख राजा हैं। जब भट्ठी से लाल रंग का तरल पदार्थ निकलता है तो असुर महिलाएँ धौंकनी बजाकर उसे खून के रूप में पहचानती हैं, जबकि सिंगबोंगा इसे भट्ठी में असुरों द्वारा पान के पत्ते चबाने के कारण लाल लार के रूप में वर्णित करता है। स्पष्ट है कि भट्ठी से जो लाल पदार्थ निकला, वह न तो खून था और न ही लाल लार, क्योंकि इतनी तीव्र गरमी होने पर उसका खून नहीं निकल सकता था। यहाँ आसुरी संस्करण अधिक उपयुक्त प्रतीत होता है, क्योंकि धर्म राजा द्वारा इस पदार्थ को सोने के लावा के रूप में वर्णित किया गया है। असुरों के लिए मुंडाओं के बीच बुरी आत्माओं की उत्पत्ति के लिए जिम्मेदार होने के आरोप को अस्वीकार करना काफी स्वाभाविक है। इसलिए उन्होंने कहानी के संस्करण को अपनाया, जो खाद्य फसलों की खेती की कला के साथ समाप्त होता है, जैसा कि उराँव के बीच देखा गया है।" जर्मन विद्वान् फादर हाफमैन ने भी इस गीत को अपने विश्वकोश में जगह दी है, लेकिन वह पूरा नहीं है। इस गीत की विशेषता के बारे में डॉ. दिनेश्वर प्रसाद ने लिखा है—"मुंडारी लोकगीत आकार में छोटे होते हैं, लेकिन इस बात का अपवाद है—'सोसोबोंगा' या 'असुर कहानी'। असुर कहानी एक लंबा कथागीत है, जिसमें असुर और मुंडा जाति की प्रतियोगिता ध्वनित होती है। असुर लोहा गलाते हैं और मुंडा खेती, शिकार, वनोपज के उपभोग पर जीवन जीते थे। 'असुर कहानी' या 'सोसोबोंगा' में यह उल्लेख मिलता है कि किस प्रकार असुरों के दिन-रात भाथी चलाने और लोहा गलाने के ताप और धुएँ से पृथ्वी प्रदूषित हो रही थी, पेड़ सूख रहे थे तथा तालाब का पानी समाप्त हो रहा था। 'सोसोबोंगा' या परमात्मा बार-बार असुरों को समझाने के लिए अपने दूत भेजते हैं, जो उन्हें यह संदेश देते हैं कि दिन में काम करें और रात में आराम। चौबीस घंटे लोहा मत गलाओ। जब असुर संदेशवाहकों की एक न सुनते हैं, तब परमात्मा स्वयं मुंडा जाति के पूर्वजों के घर में

एक छोटे धाँगड़ बालक के रूप में काम करने आते हैं। वे असुरों के सामने कई चमत्कार करते हैं, जिनमें एक चमत्कार लोहा गलाने की भट्ठी में प्रवेश कर सोने के साथ लौटने की प्रेरणा देते हैं। असुर भट्ठी में प्रवेश करते हैं और उनकी पत्नियाँ भाथी चलाती रहती हैं उनमें से कोई लौटक वापस नहीं, फिर आता। इस पर असुर स्त्रिय 'सोसोबोंगा' पर क्रुब्ध हो जाती हैं और वह उनकी पकड़ से बचने के लिए आकाश की ओर उड़ने लगते हैं। वे उन असुर स्त्रियों को, जो उनको पकड़कर ऊपर उठ जाती हैं, नीचे गिरा देते हैं और वे स्त्रियाँ विभिन्न बोंगा में बदल जाती हैं" (झारखंड इनसाइक्लोपीडिया—खंड चार, पृष्ठ 363)। वंदना टेटे व अश्विनी कुमार पंकज के संपादन में 'असुर आदिवासी और सोसोबोंगा' जनवरी 2024 में आई है। इसमें 17 कथाओं या पाठ का जिक्र है। पहली बार 1872 में डाल्टन ने इसे अंग्रेजी में प्रस्तुत किया था। इसके बाद हाफमैन ने 1903 में, शरतचंद्र राय ने 1907 में, हान ने 1931 में, वाल्टर रूबेन ने 1939 में, एल्विन ने 1942 में, हिलेरी स्टैंडिंग ने 1976 में, कुमार सुरेश सिंह ने 1992 में, पी. दोहोन ने 1906 में इसके उराँव संस्करण को पहली बार प्रस्तुत किया था। इसके बाद जान लकड़ा ने 1986 में, बोनिफास तिर्की ने 1989 में, महली लिवींस तिरकी ने 2005 में प्रस्तुत किया था। पहली बार हिंदी में जगदीश त्रिगुणायतजी ने इसे 1960 में प्रस्तुत किया था। डॉ. रामदयाल मुंडा व रतन सिंह मानकी ने 2009 में आदि धरम में इसे संकलित किया। इसे 'असुर आदिवासी और सोसोबोंगा' में आप पढ़ सकते हैं।

इन अलग-अलग पाठों से गुजरते हुए क्या यह असुर-मुंडा संघर्ष-गाथा लगता है? जगदीश त्रिगुणायतजी ने मुंडा लोककथा की अपनी लंबी भूमिका में लिखते हैं, 'सोसोबोंगा' आज यद्यपि एक धर्मगाथा बन चुका है, किंतु दरअसल वह एक अवदान का ही रूपांतर है। उसका स्पष्ट संकेत है कि जब मुंडा खूँटी सब-डिवीजन में आए, तब उन्हें एक बड़ी जोरदार असुर जाति से लड़ना पड़ा था। विशाल

ठठरी के असुर भट्ठियों में लोहा गलाते थे और अनेक गढ़ों के स्वामी थे। लड़ाई के बाद, उन्हें क्रमश: पच्छिम की ओर हटते हुए बरबैकी पाहाड़ियों की ऊपरी पाटों की शरण लेनी पड़ी, जहाँ आज भी वे, कठोर जीवन-संघर्षों के बीच अपना अस्तित्व बचा रहे हैं। राँची जिले में अनेक टीले उसके अस्तित्व के प्रमाण के रूप में आज भी विद्यमान हैं। श्री शरतचंद्र राय के अनुसार, यह घटना तब घटी थी, जब मुंडाओं का राज्य उनके हाथ से नागवंशी राजाओं के हाथ में जा चुका था। डॉ. रामदयाल मुंडा भी इस कथा को विशेष अनुष्ठान से जोड़ते हैं। वे आदि धरम में लिखते हैं—सोसोबोंगा (भेलवापूजन) का अनुष्ठान सामान्यत: धान रोपनी के बाद करम महोत्सव (अगस्त-सितंबर) के आसपास ही किया जाता है, जिसके संपादन के उपरांत भेलवा पेड़ की छोटी-छोटी डालियों को धान के खेत के बीच गाड़ा जाता है। विश्वास है कि भेलवा की पत्तियाँ धान के पौधों में लगने वाले कीड़ों से उसे बचाती है। इधर कृषि वैज्ञानिकों ने अनुसंधान में यह पाया है कि भेलवा में निश्चित रूप से कीट-निरोधक गुण होते हैं, इसलिए इनकी पत्तियों के आसपास कीड़े फटकते नहीं हैं। इसके अतिरिक्त खेतों के बीच इसकी डालियों के गड़े रहने पर उनपर चिड़ियाँ बैठती हैं और धान के पौधों में जो भी कीड़े होते हैं, उन्हें खा जाती हैं। इस तरह से इस वश्वास के बने रहने का एक वैज्ञानिक आधार भी है। आयुर्वेद में भेलवा का तेल एक जबरदस्त कीट-निरोधक के रूप में जाना जाता है। आश्चर्य नहीं कि साल, महुआ और करम की ही तरह भेलवा ने भी आदिवासियों के बीच एक देवता का स्थान ले लिया है। यहाँ तक कि कुछ आदिवासी समुदायों (उदाहरणत: उराँव) में हर शुभ काम गृह-प्रवेश, घर में नए मवेशियों का आगमन एवं अन्य का प्रारंभ भेलवा पूजन (डंडाकट्टा) के साथ ही होता है। आदिवासियों के बीच अब तक पाई गई कथाओं में मात्र यही एक कथा है, जिसका पाठ गेय रूप में होता है। यह प्राय: एकल गेय होता है और साथ में कोई वाद्ययंत्र प्रयुक्त नहीं होता। संगत

के लिए कथावाचक ही एक सूप में रखे चावल-अक्षत के दानों के ऊपर एक लय के साथ हाथ फेरता रहता है।

सभ्यताओं के लिखित विश्व इतिहास (मेसोपोटामिया, मिस्त्र, रोम, हिंदू, बौद्ध, इसलाम इत्यादि) में उतार-चढ़ावों के बहुत से साक्ष्य मिलते हैं, किंतु अलिखित रूप में उपस्थित ये साक्ष्य पुननिर्मित किए जा सकते हैं उन मौखिक सामग्रियों के आधार पर, जिन्हें मनुष्य की सामूहिक अवचेतन की अभिव्यक्ति कहा जा सकता है। इसी की अभिव्यक्ति के रूप में दुनिया के बहुत से समुदायों में आदिसृष्टि की अनियंत्रित बढ़ोतरी के फलस्वरूप अग्निवर्षा 'प्रलय द्वारा उसके विनाश और नई सृष्टि-रचना की कथा प्रचलित है। भारतीय पौराणिक चिंतन में अवतारों की कल्पना इसी अभिव्यक्ति के रूप में बारंबार पुनरावृत्त हुई है। प्रस्तुत असुर-कथा, जिसका पाठ भेलवापूजन के अवसर पर होता है, ऐसी ही एक झारखंडी सांस्कृतिक क्षेत्रीय कथा है, जो मुंडा के एक उपसमुदाय (असुर) के सामाजिक-आर्थिक उत्कर्ष के उपरांत उसके अपकर्ष की कहानी कहती है।

शरतचंद्र राय ने भी इसे कर्मकांड पक्ष के बारे में लिखा है—सबसे अंत में हम एकमात्र त्योहार पर आते हैं, जिसमें भूत-खोजकर्ता, मति या देओड़ा-पुजारी के रूप में कार्य करता है। यह देओड़ा या मति जन्म से गैर-मुंडारी हो सकता है और अकसर होता भी है। सोसोबोंगा उत्सव सार्वजनिक नहीं होता है, बल्कि केवल मुंडा परिवारों में ही मनाया जाता है। भादों के महीने में एक निश्चित दिन पर मति या देओड़ा घर के आँगन में बैठ जाता है और कोयला के चूर्ण, लाल मिट्टी व चावल के आटे से जमीन पर आकृति बनाता है। मुरगी के अंडे को आकृति के केंद्र में रखा जाता है, फिर इस अंडे से सोसे की डाली का चीरा के सिरे को मिलाकर रखा जाता है। फिर देओड़ा अरवा चावल से भरे एक सूप को उठाता है और उबाऊ सा मुंडारी गीत गाता है, जिसमें सिंगबोंगा और बारह असुर भाइयों एवं तेरह देवता भाइयों की कहानी संबंधित होती है। सोसोबोंगा

की प्रार्थना करने के बाद देओड़ा (या देवनारा) उपस्थित सभी का अभिवादन (जोहार) करता है, फिर सभी उपस्थित लोग हँड़िया पीते हैं और देओड़ा एक कप इली (हँड़िया) के साथ अंडे की जर्दी खाता है। अगली सुबह घर का मालिक अपने प्रत्येक धान के खेत के बीच में सोसो या भेलवा पेड़ (सेमीकॉर्पस एनाकॉर्डियम) की एक शाखा और केओंद पेड़ की एक शाखा गाड़ देता है। शरतचंद्र ने इस कथा को अपनी पुस्तक में लुटकुम हड़ाम और लुटकुम बुढ़िया नाम से संगृही किया है।

एक संघर्ष-कथा का एक अनुष्ठान कथा में रूपांतरण हो जाना अन्यत्र दुर्लभ है। अलग-अलग पाठों में यही बात दुहराई गई है कि काम का समय निर्धारित हो। दिन में या रात में काम हो। वृक्षों की अंधाधुंध कटाई से पर्यावरण को नुकसान होगा और धरती पर जीव-जंतुओं का रहना मुश्किल। कम-से-कम दो-ढाई हजार साल पुरानी यह कथा होगी ही। दो-ढाई हजार साल पहले हमें इस कथा में पर्यावरण की चिंता दिखती है। वैदिक वाङ्यम में भी प्रकृति की बार-बार अभ्यर्थना की गई है। वहाँ भी प्रकृति ही देवता हैं। तब आबादी भी बहुत कम रही होगी और वातावरण भी शुद्ध, लेकिन उस समय भी जब धरती बहुत-बहुत सुंदर, हरी-भरी रही होगी, चारों तरफ जीव-जंतुओं के कोलाहल से एक राग उत्पन्न होता होगा, झरनों और नदियों से नाद फूँटता होगा, तब भी हमारे पुरखे प्रकृति की चिंता कर रहे थे। आज हमें रोशनी के लिए हजारों-हजार एकड़ जंगल को साफ करने में तनिक भी अपराध-बोध नहीं होता, हम यह भी चिंता नहीं करते कि जो हजारों-हजार वृक्ष विकास की भेंट चढ़ रहे हैं, उन पेड़ों पर, जंगलों में पशु-पक्षियों का भी बसेरा रहा होगा। वृक्ष पर देवों का वास है, नदियों को माँ कहते हैं, इसके बाद भी न हम नदी की चिंता कर रहे हैं, न वृक्ष की। इसलिए इस 'सोसोबोंगा' की प्रासंगिकता और बढ़ जाती है।

आज पेड़ों, जीव-जंतुओं की तरह असुर भी तेजी से विलुप्त हो रहे हैं। इनका जीवन संकट में है। 2024 में भी स्थिति नहीं बदली है। उनकी

जमीन पर बाक्साइट है, जिसे कंपनियाँ खनन कर मालामाल हो रही हैं और ये अपने ही खेत में मजदूर बन गए हैं। राज्य सरकार ने इनके लिए बहुत कुछ किया हो, ऐसा लगता नहीं है। 2024 लोकसभा चुनाव के दौरान असुरों के गाँवों में जाना हुआ, जहाँ आज तक शुद्ध पेयजल और सड़क तक नसीब नहीं है। झारखंड की यह विलुप्त होती जाति को बचाने की चिंता सरकार में नहीं दिखती है। इनकी परंपरा भी अब खत्म हो रही है। नेतरहाट के सखुआपानी, पोलपोल पाट आदि गाँव की स्थिति खराब है। पोलपोल पाट में लालदेव असुर मिले, जो बताते हैं कि वे के.के. लेउवा के साथ थे। हालाँकि वे अपनी उम्र 62 बताते हैं। गाँव में दो-तीन लोग ही बचे हैं, जो लोहा गलाना जानते हैं। गाँव के युवा विमल असुर चाहते हैं कि उनकी यह परंपरा जीवित रहे और यहाँ एक संग्रहालय बने, जहाँ असुर संस्कृति की जानकारी मिल सके। लेकिन क्या उनकी यह चाह पूरी होगी?

और अंत में, 'सोसोबोंगा' पुनः प्रकाशित हो रही है। 1960 में यह पहली बार प्रकाशित हुई थी। इसमें किसी प्रकार का परिवर्तन नहीं किया गया है। एक तरह से यह पुनर्मुद्रण है। करीब सात-आठ साल पहले जगदीशजी के सुपुत्र डॉ. वाचस्पति त्रिगुणायतजी ने इस पुस्तक की फोटोकॉपी उपलब्ध कराई थी। अब इसका प्रकाशन संभव हो रहा है, लेकिन इसे देखने के लिए वे अब जीवित नहीं हैं। 24 दिसंबर, 2021 को उनका निधन हो गया। अब यह आपके हाथों में है। हम उनके भी आभारी हैं, जिनकी पुस्तकों का इस भूमिका में उपयोग हो पाया है, उन लेखकों का भी और प्रकाशकों का भी।

09 अगस्त, आदिवासी दिवस

—संजय कृष्ण
राँची

दो शब्द

अपने मुंडा लोकगीतों के संग्रह 'बाँसरी बज रही' के प्रकाशन के बाद और उनकी लोक-कथाओं के संग्रह के प्रकाशन के पहले मैं उन्हीं की एक गीति-कथा लेकर आपकी सेवा में उपस्थित हो रहा हूँ।

विद्वान् कहते हैं कि पहले नृत्य-गीत आए, फिर गीति-कथाएँ आईं और फिर उन्हीं से कथानकों का विकास हुआ। यही क्रम, संयोगवश, मेरे अध्ययन का भी बन गया है मानो इतिहास इस प्रसंग में भी अपने को दुहरा रहा है।

इस कथा में बहुत से पाठांतर मिलते हैं। मैंने राँची और सिंहभूम के सीमांत स्थित वनगाँव क्षेत्र में प्रचलित कथा को अपना आधार बनाया है और प्रस्तुत पाठ जुरमू गाँव के पांडू मुंडा से सुनकर लिखा गया है। अन्य क्षेत्रों में प्रचलित कथाओं से भी इसकी टूटी हुई कड़ियों को जोड़ने में सहायता मिली है।

इसके संशोधन में मेरे घनिष्ठ मित्र श्री भइयाराम मुंडा ने जो अत्यधिक परिश्रम किया है और अनुवाद में मेरे छात्र श्री रामदयाल मुंडा ने जो सहायता दी है, उसके लिए मैं दोनों का आभारी हूँ।

इस क्षेत्र के लोक-जीवन, साहित्य और संस्कृति के अध्ययन के लिए मुझे जिनसे सदा विशेष प्रोत्साहन मिलता रहा है, मेरे उन आदरणीय मित्र श्री महेंद्र प्रसादजी तथा पं. रजनीकांत तिवारीजी ने शिक्षक सहयोग भंडार द्वारा मेरी अन्य रचनाओं के साथ इसके भी प्रकाशन का भार लेकर जो मेरा गौरव बढ़ाया है, उसके लिए मैं सादर आभार प्रकट करता हूँ।

साथ ही, मैं आकाशवाणी के राँची केंद्र का भी आभारी हूँ, जिसने इसे पहले ही रूपक के रूप में प्रसारित कर न केवल मेरे प्रयत्न का गौरव बढ़ाया वरन् शीघ्र प्रकाशित कराने के लिए भी प्रोत्साहित किया।

इसमें जो भी सौंदर्य और गरिमा है, उसका श्रेय मुंडाओं की सांस्कृतिक सृजन-शक्ति को है, और इसे प्रस्तुत करने में जो त्रुटियाँ हैं वे मेरी।

खूँटी
2 मई, 1960

—जगदीश त्रिगुणायत

पूर्वाभास

भारत के विशाल जन-समुदाय में आदिम जातियों का महत्त्वपूर्ण स्थान है। भारत के जंगलों और पहाड़ों में आज उनकी संख्या ढाई करोड़ के लगभग है, किंतु उनकी इससे भी अधिक संख्या ने हिंदू वर्ण-व्यवस्था में विलीन होकर, भारतीय संस्कृति को प्राग्वैदिक युग से लेकर आज तक अनेक रूपों में प्रभावित किया है। आज भारतीय संस्कृति पर आदिम जातियों के प्रभावों की खोज पूरी तत्परता से हो रही है। आदिम जातियों का अध्ययन जो पहले होता रहा है, वह स्वयं उन्हीं को लक्ष्य बनाकर होता रहा है, किंतु आज दशा यह है कि पूरे भारतीय समाज को स्वयं अपने अस्तित्व को समझने के लिए आदिवासी को विभिन्न प्रवृत्तियों का अध्ययन आवश्यक हो गया है। यह स्पष्ट हो चुका है कि हमारी अनेक वस्तुओं की कृषि, अनेक आविष्कार, वस्तुओं के नाम, देव-कल्पना, अनुष्ठान, भावना, विचार आदि सभी क्षेत्रों में भारतीय जीवन पर आदिम जातियों का व्यापक प्रभाव है। अब उन कल्पित मान्यताओं के लिए प्रमाण मिलते जा रहे हैं जिनके अनुसार भारत का अभिजात साहित्य जिस लोक-साहित्य का विकसित और परिष्कृत रूप है, उसके सृजन में उन आदिम जातियों का भी हाथ है, जिनकी धाराएँ कालांतर में भारतीय जन-महासागर में समाकर विलीन हो चुकी हैं।

भारत के आदिवासी विश्व मानव-परिवार की तीन शाखाओं से संबंधित हैं। नीग्रो, आग्नेय (प्रोटो-ऑस्ट्रेलॉइड) और किरात

(मंगोलॉइड)। इनमें सबसे बड़ी संख्या आग्नेय वर्ग की है।

संभवत: नीग्रो लोग भारत में सबसे पहले आए। वे अफ्रीका से, अरब और ईरान के समुद्र-तटों से होते हुए भारत में पहुँचे। अब केरल की 'कादन' और 'पलियन' जातियों तथा अंडमान के निवासियों को छोड़कर अन्यत्र उनके अवशेष का पता नहीं है। वैसे ही भारतीय संस्कृति में भी उनके किसी अवशेष का प्रमाण नहीं मिलता। एक 'भादुड़' शब्द भाषाशास्त्रियों की सम्मति में उन्हीं का है।

दूसरी, आग्नेय शाखा भारत के आदिवासियों की सबसे बड़ी शाखा है। ये लोग भूमध्य सागर के तटों से, शायद फिलिस्तीन से, बहुत पहले इस देश में आए और इस देश के हरे-भरे उपजाऊ मैदानों में बस गए। पीछे, आर्यों के आगमन के बाद, उनमें से बहुत से लोग आर्यों की वर्ण-व्यवस्था में घुल-मिल गए और शेष लोगों ने भारत के जंगलों और पहाड़ों की शरण ली। भारत में आकर इन्होंने अनेक वस्तुओं का आविष्कार किया और एक व्यवस्थित जीवन-प्रणाली संगठित की। धीरे-धीरे उनकी कुछ शाखाएँ पूरब की ओर बढ़ीं और बर्मा होती हुई दक्षिणी-पूर्वी द्वीप-समूहों में जा बसीं। उनकी यही स्थिति देखकर विद्वानों ने इनका नाम 'प्रोटो ऑस्ट्रेलॉइड' और उस क्षेत्र के भाषा-समूह का नाम 'ऑस्ट्रिक' या 'दाक्षिण' रखा।

तीसरे वर्ग के मंगोलॉइड आर्यों के भारत में आगमन के बाद उत्तर-पूर्व के पर्वतीय मार्गों से आए। नेपाल से लेकर असम तक वे अनेक जातियों के रूप में फैले हुए हैं। किरात और नागा आदि प्रसिद्ध जातियाँ उसी वंश की हैं।

जैसा कि ऊपर कहा जा चुका है, भारत में आज प्रोटो ऑस्ट्रेलॉइड या आग्नेय वर्ग के आदिवासियों की ही संख्या सबसे अधिक है और भारतीय सभ्यता को सबसे बड़ी देन भी उन्हीं की है। उन्होंने ही यहाँ पाषाण युग की सभ्यता का निर्माण किया था। भारत में आकर उन्होंने ही झूम कृषि की प्रणाली चलाई और पहले-पहल धान की खेती शुरू की। केला और नारियल, पान और सुपारी, हलदी और अदरक, लौकी

और बैंगन उन्होंने ही उपजाए। कपास का वस्त्र सबसे पहले उन्होंने ही बनाया। जंगलों से मुरगी पकड़कर उन्होंने ही पाली और विशाल जानवर हाथी को सबसे पहले उन्होंने ही पालतू बनाया। हल और उनकी यह संज्ञा उन्हीं की देन है।

पतित पावन गंगा का यह पवित्र नाम उन्हीं के शब्द-भंडार का है। हिंदू नारियों का सुहाग-चिह्न सिंदूर उन्होंने ही सभ्यता को दिया है। कहते हैं कि इन्हीं आग्नेयों ने बीज और वृक्ष के संयोजन-वियोजन के क्रमों को देखकर पुनर्जन्म की कल्पना की।

चंद्रमा को देखकर तिथि-गणना का रिवाज आग्नेय-सभ्यता की देन है और पूर्ण चंद्र के लिए 'राका' और नए चाँद के लिए 'कुहू', ये शब्द आग्नेय-भंडार से ही आए हैं।

मुरदे की राख के जल प्रवाह का प्रचलन प्रारंभ में आग्नेय जातियों से ही लिया गया है।

वृक्षों और नदियों की पूजा, पत्थर के टुकड़ों की पूजा, ग्राम-देवता और डीह आदि आदिम जातियों से ही लिए गए हैं।

उस गोत्र और लाँछन का प्रयोग पहले-पहल करनेवाले आदिवासी ही हैं जिनके वृक्षों और पशु-पक्षियों का परिष्कृत स्थान ऋषि-मुनियों और आकाश के सितारों ने ले लिया है।

बीस-बीस करके गिनने की प्रणाली आग्नेय लोगों ने निकाली है।

प्राचीन भारत के कुछ भौगोलिक नाम, जैसे—कोसल-तोसल, अंग-बंग, कलिंग-विलिंग, उत्कल-मेकल तथा जाति संबंधी युगल नाम—पुलिंद-कुलिंद आग्नेय भाषा की पद-रचना प्रणाली द्वारा प्रभावित हैं। अनेक वस्तुओं के नाम भारतीय भाषाओं को आग्नेय सभ्यता की ही देन हैं।

भारतीय भाषाओं के गुणात्मक या ध्वन्यात्मक शब्दों के निर्माण में विशेषत: आग्नेय प्रवृत्तियों का ही अनुकरण है।

कमल, कुमुद, कोयल आदि अलंकरण भारत के अभिजात साहित्य का शृंगार करने के पहले ही आदिवासी गीतों की शोभा बढ़ा चुके हैं।

भाषाशास्त्रियों ने संस्कृत के साढ़े चार सौ के लगभग ऐसे शब्दों को खोज निकाला है, जिनका आर्येतर स्रोत है। निस्संदेह, उनमें से कुछ शब्द द्रविड़ शब्द-भंडार के हैं, किंतु वैसे ही कुछ शब्दों का आग्नेय स्रोत भी निर्विवाद है। प्रोफेसर सिल्यूस्की ऑस्ट्रिक ने भाषाओं के तुलनात्मक अध्ययन द्वारा कदली, कंबल, वाण, लांगल (हल) तांबूल, कर्पास, मयूर या मरूक मुकुट, इष्टका (इंट) आदि संस्कृत शब्दों की आग्नेय स्रोत से आने की बात प्रमाणित कर दी है।

उत्तरी भारत में नदियों के गहरे स्थानों को 'दह' कहते हैं। यह ऑस्ट्रिक भाषा का शब्द है, जिसका अर्थ है—पानी। उसी भाषा के 'बिर' का अर्थ है—जंगल। आज उत्तरी भारत में, विशेषकर बंगाल में, बहुत से ऐसे नगर या ग्राम हैं जिनके नाम का आरंभ 'बिर' या अंत 'दह' शब्द से होता है। ये दोनों शब्द उन क्षेत्रों में कभी इन ऑस्ट्रिक भाषा-भाषी जातियों के व्यापक प्रसार को सूचित करते हैं।

इस महत्त्वपूर्ण आग्नेय प्रजाति में 'मुंडा' एक उपजाति है। बिहार, बंगाल, उड़ीसा और मध्य प्रदेश में सब मिलाकर इनकी संख्या दस लाख के लगभग है, किंतु यह तथ्य इस जाति के लिए और भी गौरवपूर्ण है कि ऑस्ट्रिक परिवार की जितनी भाषाएँ भारतीय जनजातियों द्वारा बोली जाती हैं, वे सब-की-सब मुंडा भाषाएँ कहलाती हैं। जैसे आग्नेय या प्रोटो-आस्ट्रेलाइड परिवार में मुंडा एक उपजाति है, वैसे ही मुंडा भाषा-समुदाय में मुंडारी एक उपभाषा है।

भारत की सभी आदिम जातियों की तरह मुंडा भी अत्यंत पिछड़े हुए है, किंतु अपनी उसी दशा में उन्होंने एक बड़ी व्यवस्थित और संयमित संस्कृति का निर्माण कर लिया है। थोड़ा-सा खा-पीकर अधिक संतुष्ट रहना और आनंद मनाना उस संस्कृति की विशेषता है।

उन्होंने जंगलों को काटकर और पहाड़ों को तोड़कर बड़ी कठिनाई से छोटे-छोटे खेत बनाए हैं, जिनमें धान पैदा होता है और ऊपर के टाँड़ों में मड़ुवा, गोंदुली, गंगई, अरहर, कुल्थी और सुरगुजा आदि थोड़े-बहुत हो जाते हैं। बाकी कमी वे जंगलों के कंद-मूल, साग-पात, फल-फूल

यहाँ तक कि महुआ और साखू के फलों से पूरी करते हैं। खरहा, हिरन अनेक पक्षी तथा छोटी-बड़ी मछलियाँ भी ये पकड़कर खाते हैं।

पिछले दिनों साहूकारों और महाजनों द्वारा भूमि छीने जाने से इनकी दशा और भी बुरी हो गई थी, पर अब भूमि संबंधी नए कानून इनकी भूमि की सुरक्षा का आश्वासन दे रहे हैं। छोटानागपुर की खानों और कल-कारखानों में ये बड़ी संख्या में प्रायः कुली का काम करते हैं। यहाँ के शहरों में रिक्शा-कुली तो अधिकांश आदिवासी ही हैं। हाँ, अब उद्योग, शिल्प, व्यापार और तरह-तरह की नौकरियों में लगे हुए व्यक्तियों की संख्या बढ़ रही है।

इनका सामाजिक जीवन बड़ा व्यवस्थित और संयमित रहा है। गोत्र-पद्धति ने इनकी विवाह प्रणाली को बड़ा नियंत्रित किया है। सगोत्र-विवाह कठोरता के साथ वर्जित है। हाँ, प्रेम-विवाह की छूट है और हरण-विवाह भी यदि जाति, गोत्र की मर्यादा को मानकर चला हो तो अनुमोदन पा जाता है। स्त्रियों का पर्याप्त सम्मान है। कार्यक्षेत्र में वे समान रूप से भाग लेती हैं। मुंडा अपनी संतान को बहुत प्यार करते हैं।

'मुंडा' जातीय नाम के साथ एक व्यक्ति की उपाधि भी है। गाँव के प्रमुख को 'मुंडा' कहते हैं। वास्तव में यही शब्द कालांतर में जातिवाचक बन गया है। कर वसूलना और गाँव का शासन चलाना उसी का काम रहा है।

वैसे ही 'पाहन' महत्त्वपूर्ण धार्मिक इकाई है। वही धार्मिक कार्यों का संचालन करता है। इनके धार्मिक विश्वासों को हम चार कोटि क्रमों में बाँट सकते हैं, अर्थात् देवता, उनके पुजारी, उनका पुजापा (चढ़ावा) और पूजा के उद्देश्य, इनकी चार श्रेणियाँ हैं।

सिंगबोंगा सर्वशक्तिमान देवता हैं—भगवान् हैं। चाहे और जिस किसी देवता की पूजा का प्रसंग हो, प्रारंभ में सिंगबोंगा की ही पूजा होगी। उसका प्रधान पुजारी पाहन है, किंतु अपनी पूजा में सभी लोग पहले सिंगबोंगा की पूजा कर लेते हैं। उसकी भावपूर्ण स्तुति का तात्पर्य है—"तुम सबके स्वामी हो। प्रत्येक पदार्थ को तुम्हीं ने बनाया है। तुम

हमारे बाल-बच्चों, पशु-पक्षियों, खेत-खलिहानों और प्रत्येक पदार्थ की रक्षा करो। उसका चढ़ावा है, सफेद बकरा या सफेद मुरगा।

देवताओं की दूसरी कोटि में पहाड़-नदी आदि में रहनेवाले ऐसे देवता आते हैं जो पूजा पाने पर भलाई और नहीं पाने पर बुराई करते हैं। उनकी बुराई से बचने के लिए ही उन्हें पूजते हैं। उनके लिए रंगीन बकरा या मुरगा चढ़ाते हैं।

तीसरी कोटि में दुष्ट देवता आते हैं। किसी व्यक्ति का अनिष्ट साधने के लिए घर में छिपाकर उनकी पूजा की जाती है उस काले दिल के देवता का चढ़ावा है काला मुरगा।

इनके विश्वासों की चौथी कोटि में डाइन-विद्या है। प्रत्येक गाँव में कुछ डाइनें होती हैं, जो मंत्र सीखकर लोगों का अनिष्ट किया करती हैं। इनके विश्वास के अनुसार, आदमियों और जानवरों की सारी बीमारियों का रहस्य कोई-न-कोई डाइन है। तब यह स्वाभाविक ही है कि इनमें ओझामती का खूब प्रचार है और उस देवड़ा का भी, जो अपने मंत्रों के साथ झूम-झूमकर सारा भूत-भविष्य बताता है और पूजा-पाठ करके लोगों को संकटों से बचाता है।

मुंडा आवागमन को मानते हैं, पितरों की आत्मा पर विश्वास करते हैं और घर में पितरों के लिए स्थान रखते हैं।

इनके धार्मिक विश्वासों की एक कोटि है इनका प्रकृति के सभी पदार्थों में कोई आदि प्राकृतिक शक्ति मानना। प्रत्येक गोत्र किसी-न-किसी वन्य-पदार्थ, पशु-पक्षी, वृक्ष आदि से अपना संबंध मानता है, उसका सम्मान करता है और उसे कोई हानि नहीं पहुँचाता।

इस प्रकार इनकी धार्मिक धारणाओं में कुछ ऐसे तत्त्व हैं, जो इनकी अज्ञानता और पिछड़ेपन के प्रमाण हैं और कुछ ऐसे, जो आदिमानव की उस अनुभवजन्य सहज चेतना को प्रकट करते हैं, जिससे आगे चलकर विश्वधर्म और दर्शन के अनेक सिद्धांतों का विकास हुआ है।

इनका सांस्कृतिक जीवन बड़ा आनंदमय और कलापूर्ण है। प्रकृति की मनोहरता, इनकी स्वतंत्रता और प्रारंभिक जीवन की भावुकता ने मिलकर

इन्हें कला-प्रेमी बना दिया है। परिश्रम के बाद रात में नित्य-नाचना-गाना इनके जीवन का अनिवार्य अंग बन गया है। ये मेलों, जतराओं और पर्वों के बड़े प्रेमी हैं। इनकी वही भावुकता बच्चों के लिए अनेक प्रकार के खेलों, युवकों के लिए नृत्य-गीतों और वृद्धों के लिए धार्मिक अनुष्ठानों तथा सोम-सुरा की अलमस्तियों के रूप में सदा प्रकट होती है।

गिती-ओड़ा या शयन-गृह नामक संस्था इनकी संस्कृति का प्रधान केंद्र है। ऐसे अलग-अलग घरों में लड़के और लड़कियाँ रात में एकत्र होकर अपने समवयस्कों से व्यावहारिक जीवन की शिक्षा प्राप्त करते तथा गीतों, कहानियों और पहेलियों से अपना मनोरंजन करते हैं।

इनके पास अपनी मौलिक विशेषताओं से परिपूर्ण अनमोल साहित्य है, जिनका भंडार बहुसंख्यक गीतों, कहानियों और पहेलियों से भरा है। इनमें इनके आदर्शों, अनुभवों और अभिरुचियों की जीती-जागती तसवीरें मौजूद हैं।

आज स्वतंत्रता की नई चेतना, शिक्षा के प्रचार और अन्य उन्नत समाजों के निरंतर संपर्क से इनमें जागृति आ रही है। उत्तम जीवन की आकांक्षा पैदा हो रही है और संकीर्णता की शृंखलाएँ टूट रही हैं। यह उचित भी है और स्वाभाविक भी।

किंतु, साथ ही नई पीढ़ी का अनियंत्रित उत्साह एक ऐसी परिस्थिति पैदा कर रहा है, जिनसे इस समाज में बहुधा दूसरों की अधिकतर बुरी बातें आती जा रही हैं और अपनी अच्छी बातें छूट रही हैं।

नए आदर्शों की चकाचौंध में अधिकांश युवक समाज इस बात को भूल जाते हैं कि हमारे पीछे पिछड़ी हुई स्त्रियों, पुरुषों और बच्चों की अपार मंडली है, जो अच्छे जीवन की माँग कर रही है; जंगलों और पहाड़ों की मुरझाती हुई हरियाली है जो कहती है कि आओ, हमें सींचो और इन उजड़ी हुई झोंपड़ियों में समृद्धि भरने दो और एक दूरागत संस्कृति की महान् परंपरा है जो पुकार-पुकारकर चेतावनी दे रही है कि राख और कूड़े-करकट की ढेरी से घबराओ नहीं, इसके भीतर ज्वलंत चिनगारियाँ छिपी हैं। इसमें अपने ज्ञान-विज्ञान की उष्ण हवा लगने दो

और इसमें से जाति, समाज और राष्ट्र के जीवन को आलोकित करनेवाली नई ज्योति फूटने दो।

अब तो भविष्य ही बताएगा कि नया युवक समुदाय इस चुनौती का क्या उत्तर देता है?

प्रस्तुत कथा सोसोबोंगा उन्हीं मुंडाओं की एक प्रसिद्ध धर्म-गाथा है। कहीं-कहीं यह 'सोसोपाड़ा' या 'सोसोटापा' भी कही जाती है। इसी के नाम पर उनका एक बहुत बड़ा पर्व मनाया जाता है। यह गीति-कथा एक साथ ही विश्व-काव्य के विकास के एक महत्त्वपूर्ण सोपान की ओर, मुंडा जीवन के इतिहास में घटित होनेवाली किसी विशेष घटना की ओर और फिर उस जीवन-दर्शन की ओर इंगित करती है जो प्रारंभ से ही मुंडा का व्यावहारिक आदर्श रहा है। इसमें ऊपर-ऊपर लय की लहरों से तरंगित अविरल प्रवाह है, जो सामान्य श्रोता को मुग्ध करता है और भीतर-भीतर ऐसे अनमोल मोती छिपे हैं, जिन्हें पाकर चतुर गोताखोर निहाल हो उठता है।

यह कथा अधर्म पर धर्म की, क्रूरता पर कोमलता की और अविश्रांत कर्म-कोलाहल पर आनंद की मधुरवंशी की विजय-कथा है। साथ ही, यह मुंडाओं की सृष्टि-कथा का एक रोमांचक अध्याय है।

इस कथा का पूर्व प्रसंग यह है—

सृष्टि में पहले पानी ही पानी था। सिंगबोंगा (भगवान्) पत्ते की नाव पर निष्प्रयोजन घूमा करते थे। एक दिन उन्होंने अपनी पत्नी से कहा कि इस तरह बेकार घूमते रहने का जीवन भी कोई जीवन है? न कभी विश्राम, न कोई साथ उठने-बैठने वाला! अब मैं धरती को बनाऊँगा और मनुष्यों की सृष्टि करूँगा।

तब उन्होंने मछली, कछुए, केकड़े आदि अनेक जल-जंतुओं को जल के भीतर से मिट्टी निकालने की आज्ञा दी, पर किसी को सफलता न मिली। अंत में भगवान् जोंक के पास पहुँचे। जोंक पानी में समा गई। उसने अपना शरीर इतना बढ़ा दिया कि उसकी पूँछ पानी से ऊपर आ गई। नीचे वह मुँह की ओर से मिट्टी खाती रही और पूँछ की ओर से

मिट्टी को बाहर निकालती रही। धरती तैयार हुई।

उसपर पहले घास-फूस, फिर पेड़-पौधे और फिर पशु-पक्षी पैदा हुए। पक्षियों में हुर नामक एक पक्षी ने एक विशाल अंडा दिया। उसमें से दो मानव संतान निकली—एक लड़का और एक लड़की। पीछे चलकर उन्हीं से मनुष्य होरो-होनको या होरोको कहलाए।

जल से निकलने वाला वह पहला भूमिखंड अजब गढ़ था और हुर के अंडे से निकलनेवाले वे पहले मानव थे, मुंडाओं के आदि पूर्वज लुटुकुम हड़म और लुटुकुम बुड़िया।

अपनी नई सृष्टि को देखकर सिंगबोंगा बड़े प्रसन्न हुए। सूनापन मिटा, निष्प्रयोजन घूमते रहने का क्रम समाप्त हुआ और भगवान् की नई धरती आनंद के मधुर गीतों से मुखरित हो उठी।

बादल घिरे। नदी-नाले उमड़े। पेड़-पौधों और लताओं में बहार अपनी छटा दिखाने लगी। तालाबों में फूल खिले और पक्षियों ने गीत गाए। मनुष्यों में प्रेम जगा और जीवन की नाव आनंद की धारा में आगे बढ़ी कि अचानक वह भँवर में फँस जाती है। असुर पैदा होते हैं और इस तरह लोहे की भट्ठियाँ जलाने लगते हैं कि सृष्टि का सारा श्रृंगार ही बिगड़ने लगता है। भीषण ज्वाला में पेड़-पौधे झुलसने लगे, नदी-तालाब सूख चले, पशु-पक्षी मरने लगे और मनुष्य परेशान होने लगे।

इस महान् संकट से पीड़ित होकर मनुष्यों ने सिंगबोंगा की गुहार मचाई।

यही है इस कथा का पूर्व प्रसंग। सोसोबोंगा की कथा यहीं से प्रारंभ होती है।

अपने प्राणियों की पुकार सुनकर सिंगबोंगा ने असुरों को समझाने के लिए ढिंचुवा-केरकेटा को भेजा। उन्होंने जाकर असुरों को समझाया कि काम की इतनी हलचल ठीक नहीं है। तुम्हारी भट्ठियों की ज्वाला में सारी दुनिया परेशान हो रही है, स्वयं भगवान् तक पीड़ित हैं। यदि तुम दिन को काम करो तो रात को विश्राम करो और यदि रात को काम करो तो दिन को काम बंद रखो!

असुरों को सिंगबोंगा और उनके दूतों का यह उपदेश बड़ा बुरा लगा। उन्होंने कहा—कौन होते हो तुम और कौन है तुम्हारा सिंगवोंगा? सिंगबोंगा हमीं हैं। हमारी इस पत्थर की-सी छाती और अरकठे की-सी बाँहों को देखो। हम लोहा कमाते हैं और लोहा ही खाते हैं। यह कहकर उन्होंने ढिंचुवा-केरकेटा को ठोकर मारकर लोहे के लाल चूरों में डाल दिया।

तभी से उनकी वंशावली चितकबरी बन गई।

दूसरी बार भगवान् ने लं-पक्षी बोचो-पक्षी को भेजा। असुरों ने उन्हें सँड़सी से पकड़कर दबा दिया। तभी से उनकी पूँछ लंबी है।

तीसरी बार सोना-कौवा भेजा गया। असुरों ने उसे उठाकर राख में डाल दिया।

कौवे का सारा वंश काला बन गया।

अब गीध की बारी आई। बार-बार दूतों के आगमन से तंग आकर असुरों ने गीध की गरदन पर अपना भारी हथौड़ा दे मारा।

गीध की गरदन लंबी हो गई।

अपने दूतों की यह दशा देखकर भगवान को बड़ा क्रोध आया। अब और कोई उपाय नहीं देखकर असुरों का विनाश कर डालने के लिए वे स्वयं धरती पर आए। असुरों को करनी का फल उनके आगे तुरंत प्रत्यक्ष हो उठा। उन्होंने एक हलवाहे को देखा, जिसका सारा शरीर फोड़े-फुंसियों से भरा था और उसके जख्मों में कीड़े बिलबिला रहे थे। वे द्रवित होकर किसान के पास पहुँचे और उसके पैर के पास पकड़कर सारी चमड़ी को ऊपर खींच लिया। किसान चंगा हो गया। सिंगबोंगा ने वही चमड़ी स्वयं पहन ली और आगे बढ़े।

अब भगवान् की दिव्य मूर्त्ति की जगह एक खसरा-छोकरा गाँव-गाँव घूमकर लोगों से अपने को नौकर रख लेने की प्रार्थना कर रहा था, किंतु उस खुजली-फुंसीवाले छोकरे को लेकर कोई क्या करता! अंत में वह एक बहुत पुराने घर के द्वार पर पहुँचा। वह घर मुंडाओं के आदि पूर्वज लुटुकुम हड़म और लुटुकुम बुढ़िया का था।

बूढ़ों ने उसे अपने घर रख लिया। वे नित्य लोहे का पत्थर तोड़ने और लकड़ियों का कोयला बनाने के लिए बाहर निकल जाया करते और लड़के को घर की रखवाली के लिए छोड़ जाते। इधर, लड़का घर से निकलकर असुर बालकों के साथ गोलियों का खेल खेला करता। वह अपनी अंडे की गोलियों से उनकी पत्थर की गोलियाँ फोड़ देता। एक दिन असुर बालकों ने उससे चिढ़कर उसकी चोरी पकड़वा दी। उसे रास्ते में पाकर बूढ़ों ने गाली देते हुए कहा, ''तुम यहाँ खेल रहे हो और उधर सारा अनाज मुरगियाँ और सूअर खा गई होंगी। चलो घर, देखो, तुम्हारी क्या दुर्गति होती है ?'' जब वे घर पहुँचे तो उन्होंने चकित होकर देखा कि ओखल, ढेकी, सूप, घड़े सब-के-सब चावल से भरे थे।

दिन बीतने लगे। अचानक असुरों पर एक संकट आ पड़ा। उनकी भट्ठियों में लोहा गलाना बंद हो गया। उन्होंने परेशान होकर भेद का पता लगाने के लिए सोखा के आगे अक्षत रखा। सोखा ने उन्हें मुरगी पूजने की आज्ञा दी, मगर लोहा नहीं गला। तब उन्होंने बकरा पूजा, फिर भी वही हाल रहा। अंत में सोखा ने उन्हें बताया कि भूत जबरदस्त जान पड़ता है, आदमी के बलिदान के बिना वह शांत नहीं होगा।

असुर आदमी की खोज में चले, पर इस काम के लिए अपनी संतान उन्हें कौन देता ? अंत में वे लुटुकुम बूढ़ा-बूढ़ी के घर पहुँचे और उनसे अपना धाँगर दे देने को कहा। बूढ़ों ने भी इनकार कर दिया तब असुर जबरदस्ती उस छोकरे को घसीट ले गए। बलिदान की तैयारी पूरी हुई। धौंकनी को सफेद बकरे के चमड़े से मढ़कर असुर अपनी कुँवारी लड़कियों से धौंकनी चलवाने लगे। भट्ठी सात दिन-रात जलती रही। जब वह खोली गई तब असुरों ने विस्मित होकर देखा कि खसरा लड़का सोने का चमकीला शरीर धारण किए, सोने का मुकुट पहने भट्ठी के एक कमल-फूल पर खड़ा होकर सोने की बाँसुरी बजा रहा था।

असुरों को चकित देखकर खसरा ने कहा, ''तुम लोग आँखें क्यों फाड़ रहे हो ? इस भट्ठी में अपार सोना भरा है। तुम बहुत धनी आदमी हो जाओ, इसमें समाकर अपार धन पा लो।''

धन के लोभ से सारा असुर-वंश उस भट्ठी में समा गया। धौंकनी चलाने के लिए केवल स्त्रियाँ ही शेष रह गईं। सात-दिन रात धौंकनी चलती रही और भट्ठी जलती रही। जब सातवें दिन वह खोली गई तो विशाल असुर-वंश की जगह राख की ढेरी पड़ी थी।

स्त्रियों ने छाती पीट ली। वे खसरा को कच्चा चबा जाने के लिए दौड़ीं। तब तक आसमान से एक रस्सी उतरी। सिंगबोंगा ऊपर चढ़ चले। असुर नारियाँ उनके शरीर से जा लिपटीं, लेकिन सिंगबोंगा ने झटका देकर उन्हें दूर-दूर फेंक दिया। वे नदी-नाले, पर्वत-टीले आदि में जहाँ-जहाँ गिरीं, वहाँ बोंगा (भूत) बनकर आज भी मनुष्यों द्वारा पूजी जाती हैं। चलते समय सिंगबोंगा कहते गए थे कि तुम्हारे पुरुषों ने अपनी करनी का फल पाया। अब तुम लोग यदि ठीक से रहोगी तो मनुष्य तुम्हारा भी पालन किया करेंगे।

भगवान् द्वारा फेंकी जाकर एक लँगड़ी स्त्री भेलवा वृक्ष की फटी हुई डाल में जा अटकी। उसी के नाम पर सोसोबोंगा का पर्व मनाया जाता है।

भादों महीने में कोई दिन निश्चित करके लोग आँगन को भेलवा वृक्ष की टहनियों से सजाते हैं। बीच में चौका बनाते हैं। चौके के पास मुरगी का अंडा और पूजा की अन्य सामग्रियाँ रखते हैं और सामने एक सूप में चावल रख छोड़ते हैं। उस मंडप को घेरकर स्त्री-पुरुष बैठ जाते हैं और देवड़ा सूप के चावल को हाथों से रगड़ते हुए, काँपते कंठों से इस लयबद्ध कथा को प्रारंभ करता है। चावल का मँजीरा गीत के स्वरों में ताल मिलाता चलता है।

कथा ढलती रात तक चलती है और भक्तगण विह्वल होकर उसे सुनते रहते हैं। कथा की समाप्ति पर हड़िया का प्रसाद बँटता है और सबेरे प्रसादस्वरूप भेलवा वृक्ष की टहनियाँ धान के खेतों में गाड़ दी जाती हैं। विश्वास है कि ऐसा करने से खेतों में कीड़े नहीं लगते।

यह कथा मुंडा के उस जीवन-दर्शन की ओर इंगित करती है, कर्म और आनंद का समुचित समन्वय जिसकी आधारशिला है।

जैसा कि सृष्टि-रचना के प्रसंग में स्पष्ट हो चुका है, कर्म के बीच

विश्राम, हँस-बोलकर जीवन बिताना और अच्छा लगना मुंडा का जीवन-आदर्श रहता आया है। सौंदर्य, कोमलता और आनंद के इन्हीं तत्त्वों की खोज के लिए भगवान् सृष्टि को उत्पन्न करते हैं और उन्हीं को बचाने के लिए असुरों का विनाश करते हैं।

सृष्टि-कथा में एक विशिष्ट क्रमबद्धता है। क्रमशः एक-एक जल-जंतु का प्रयत्न, फिर धरती बन जाने पर घास-फूस, फिर पेड़-पौधे, फिर पशु-पक्षी, फिर मनुष्य। मानो दिव्य सौंदर्य का कमल धीरे-धीरे अपनी पँखुरियाँ खोल रहा है।

नीतिमत्ता देखिए। पहले दूतों को भेजकर असुरों को समझाना, एक बार नहीं, अनेक बार! संयम और सहिष्णुता की चरम सीमा और प्रतिकार का नाम भी नहीं। बार-बार के अपमान और तिरस्कार के बाद भी 'जिओ और जीने दो' की रटन नहीं छोड़ना—यही कहते रहना कि अब भी चेतो, अपने समय को काम और विश्राम में बाँट लो। असुरों के विनाश की बात उस समय सोचना जब सौंदर्य, कोमलता और आनंद के उन तत्त्वों की रक्षा के लिए, जिनके लिए बड़े परिश्रम के साथ सृष्टि की रचना की गई थी, कोई उपाय शेष नहीं रह जाता।

और, अंत में असुर नारियों के लिए सहानुभूति भाव कि यदि तुम लोग ठीक से रहोगी तो मनुष्यों द्वारा तुम्हारा पालन-पोषण होता रहेगा।

यह कथा अपने काव्य रूप में एक गीति-कथा है। आदिम जातियों के नृत्य-गीत प्रसिद्ध हैं। मुंडा का सामान्य काव्य विश्व-काव्य के विकास के उस सोपान पर माना जाता है जब मनुष्य के सामूहिक भावों का आवेग नृत्य और संगीत के मिले-जुले रूप में प्रकट होता है।

प्रारंभ में जब मनुष्य के पास गीत नहीं था तब भी वे आत्माभिव्यक्ति के लिए सामूहिक रूप में नाचा करते थे और मुँह से आवेश-व्यंजक शब्दों और ध्वनियों का प्रयोग किया करते थे। पीछे चलकर उन्हीं आवेशमय शब्दों ने गीत का रूप धारण किया और नृत्य-संगीत का मिलन हुआ। जब विकास का चक्र कुछ और आगे बढ़ा तब केवल हृदयोद्गार-व्यंजक गीतों में वीर नायकों की प्रशस्तियाँ, युद्धादि की गाथाएँ या अन्य धार्मिक

या रोमांचक गाथाएँ उपस्थित की जाने लगीं, मगर उनकी अभिव्यक्ति के लिए नृत्य का माध्यम तब भी नहीं टूटा। ये नृत्य-गीति-कथाएँ कहलाईं। आगे चलकर जब ये कथाएँ लंबी हुईं, तब उनके साथ नृत्य अस्वाभाविक और असंगत हो गया। अब नृत्य ने नाटक आदि की राह पकड़ी और गीति-कथाएँ स्वतः परिपूर्ण बन गईं। यह वह स्तर है जहाँ से अनेक शाखाएँ फूटीं।

इन्हीं गीति-कथाओं (बैलेड्स) में जब काव्यतत्त्व कम हुए और कथातत्त्व अधिक शृंखलाबद्ध हो गया तब आख्यान, गाथा और उपन्यास बने और जब कथाओं की धरती काव्य की लहरों से ढँकी रही तब क्रमशः महाकाव्यों ने जन्म लिया। प्रारंभिक यूरोपीय साहित्य का एक ही रोमांच दो रूपों में विकसित होकर महाकाव्य और उपन्यास की दो धाराओं में प्रवाहित हुआ है। और एक ही गीति-कथाएँ हैं, जो विकसित होकर इतिहास, काव्य और कथातत्त्व के मात्रा-भेद से भारतीय साहित्य में पुराण, महाकाव्य और कथा कहलाती हैं। महाभारत, रामायण और वृहत्कथा भी है, काव्यतत्त्व भी (तीनों पद्यात्मक हैं)। लेकिन यह प्रभाव उसी मात्रा-भेद का है कि महाभारत-रामायण को महाकाव्य और वृहत्कथा को कथा कहते हैं।

प्रस्तुत गीति-कथा (बैलेड) आदिम अवस्था के नृत्य-गीतों से बहुत आगे गीति-कथाओं के उस स्थान पर अवस्थित है जहाँ से महाकाव्यों के विकास का स्रोत फूटता है। साथ ही, यह सामूहिक भावोद्‌गारों से आगे जाकर व्यक्तिगत अभिव्यक्ति की अवस्था में पहुँच गई है। यद्यपि इसमें संगीत का महत्त्वपूर्ण स्थान है तो भी इसने वाद्य को छोड़ दिया है और कथा कहनेवाले के कंठों की कंपन ही उसकी लय का एकमात्र आधार है।

वीरगाथाओं में चारणों का जो स्थान रहा है, वही स्थान इस धर्मगाथा में देवड़ा का है। यद्यपि इसका संबंध एक आदिम जाति से है तो भी यह स्पष्ट है कि यह निरा आदिम साहित्य नहीं है।

इस कथा में एक बड़ी मनोहर लयबद्धता है, जो पंक्ति-पंक्ति को

कड़ियों के समान जोड़कर कथा की शृंखला तैयार कर देती है और मुंडा काव्य–कला की सर्वप्रधान विशेषता–पुनरावृत्ति से इसका सारा काव्यत्व अलंकृत हो उठा है। जैसा कि प्रत्येक मुंडा गीत में होता है, इसका प्रत्येक शब्द दूसरी पंक्ति के समानार्थक या विपरीतार्थक जोड़ों से बदल दिया गया है। अगर इस आवृत्ति को हटा दिया जाए तो यह कथा आकार में आधी रह जाए और सौंदर्य में उतनी भी शेष न रहे।

शब्दों और विभक्तियों की इस मनोहर जोड़ी के छायानुवाद के लिए जब अन्य भाषाओं में सटीक बैठनेवाली जोड़ी की खोज की जाती है, तब लगता है कि उनका सारा खजाना महज राख की ढेरी है।

मुंडा के इतर लोककथा साहित्य में जहाँ कथानक–रूढ़ियों की भरमार है, वहाँ इस गीति–कथा में उनका निरा अभाव देखकर आश्चर्य होता है। गद्य कथाओं में व्यवहृत एक भी कथानक–रूढ़ि इसमें नहीं है और मुंडा साहित्य में इस तरह की अन्य किसी गीति–कथा का पता अब तक नहीं चला है। लोकगीतों की काव्य रूढ़ियाँ इसमें आद्योपांत बिखरी पड़ी हैं, जैसे—

1. एकासी पीड़ी–तेरासी वादी।
2. वारो भाई असुर तेरासी भाई देवता।
3. जोजो को जुंवुलाय उली को अंबराय।
4. चौरां भौरा
5. वारो विदिया
6. होयो दुदुगर–ओते कोंवासी

इनके अतिरिक्त ऊपर वर्णित बहुत–सी पुनरावृत्तियाँ भी काव्यगत रूढ़ियों के अतिरिक्त और कुछ नहीं हैं।

स्थान–स्थान से मिलनेवाली कथाओं में काफी पाठांतर है। यह मौखिक साहित्य के लिए बिल्कुल स्वाभाविक है और इतनी कला एवं संगीत–प्रेमी जाति के लिए और भी स्वाभाविक, जिसका प्रत्येक सदस्य गीतकार है। वह किसी पूर्ण गीत की रचना की क्षमता भले ही

नहीं रखता हो, पर किसी सुने हुए गीत की बिसरी हुई कड़ियों को अपनी ओर से मिला लेना साधारण प्रतिभावाले व्यक्ति के लिए भी कठिन नहीं होता।

इस स्थानिक रूपांतर के साथ कालिक रूपांतर भी आता गया है—रूपगत के साथ वस्तुगत भी। विभिन्न कलाओं में नई-नई वस्तुओं का व्यवहार कथा-प्रसंग में होता गया है।

एक प्रश्न शेष रह जाता है कि यह कथा कोई रचना है या विकसनशीलता की प्रक्रियाओं द्वारा स्वरूप ग्रहण करनेवाली वस्तु? कुछ बातों में यह भारतीय साहित्य के अन्य कथा-काव्यों से मिलती-जुलती है। देवासुर-संग्राम की-सी कल्पना, पृथ्वी का भार उतारने के लिए भगवान् का अवतार रूप, पौराणिक कथाओं के पाठ का ढंग, एक उद्गाता का धार्मिक उद्गार इत्यादि बातें भारतीय धार्मिक पुराणों की-सी ही हैं। तो क्या यह उन्हीं के अनुकरण पर सिरजी हुई वस्तु है या उन प्राचीनतम लोक पुराणों ने स्वरूप ग्रहण किया है?

इस कथा के स्वरूप पर विचार करने के पहले हमें इस तथ्य को भूलना नहीं चाहिए—विश्व का इस प्रकार का सारा लोक साहित्य ही कोई स्वतः परिपूर्ण रचना नहीं, विकसनशील वस्तु रहा है। उसका सृजन सामूहिक हाथों ने सामूहिक उपयोग के लिए किया है और फिर परवर्ती सामुदाय ने अनेक बार उसमें से बहुत कुछ छोड़ा और बहुत कुछ नया-नया जोड़ा है। कालांतर में मानव-संस्कृति की अन्य अनमोल सामुदायिक वस्तुओं की तरह उसका साहित्य भी सामूहिक हाथों से छिनकर व्यक्तिनिष्ठ बन गया है।

प्रस्तुत कथा स्वयं इसका प्रमाण है। अपने काव्यगत रूप में निस्संदेह यह एक विकसनशील वस्तु है। संभव है, यह प्रारंभ में नृत्य-गीति-कथा रही होगी। बाद में मुंडाओं में ही अधिक उन्नत लोग वर्तमान ढंग पर इसका प्रयोग करने लगे होंगे। यह पहले अखाड़ों से उठाकर कथा कहनेवालों के चौपालों में (गिती ओड़ा—शयन गृहों) और वहाँ से पूजा-मंडपों में बैठा दी गई होगी।

यह जिज्ञासा भी स्वाभाविक है कि क्या इस कथानक में कोई ऐतिहासिक तथ्य भी अंतर्निहित है? वह क्या है, कब का है? जहाँ तक अंतर्साक्ष्य का प्रश्न है, स्पष्ट है कि कभी मुंडा लोगों की असुरों से लड़ाई हुई और अंत में असुर हराकर भगा दिए गए। असुरों की अनेक निशानियाँ—लोहा गलाने की उनकी बड़ी-बड़ी भट्ठियाँ, अनेक पुराने औजार और हथियार, उनके मजबूत मकानों के खँडहर सारे राँची जिले में जहाँ-तहाँ अब भी पाए जाते हैं। विद्वानों का कहना है कि इन्हीं स्थानों से हटाए जाने पर असुर वरवै की पहाड़ियों में जा बसे हैं। एक दिन लोहा गलाने का सारा उद्योग और व्यवसाय इसी जाति के हाथ में था और इसमें कोई आश्चर्य की बात नहीं है कि तब ये शक्ति और समृद्धि के प्रतीक, अनेक गढ़ों के स्वामी थे। उनका यह प्राचीन धंधा फैक्टरियों···के फिर भी, थोड़ा-बहुत लोहा गलाकर और कुदारल आदि बनाकर देहातों-बाजारों में बेचते रहे हैं, किंतु जब से जंगल-कानूनों ने जंगल की लकड़ियों का कोयला बनाना बंद कर दिया है तब से असुर जाति इस देश की सबसे अनाथ जाति बन गई है। वे उन पहाड़ी पाटों (अधित्यकाओं) में रहते हैं जहाँ उपज बहुत कम होती है। लंबे कद और महान् पुरुषार्थवाली भारत की इस प्राचीन जाति की मानो कमर ही टूट गई है।

यह प्रसन्नता की बात है कि बिहार सरकार ने इस समस्या की गहराई का अनुभव किया है और असुरों के विकास के लिए एक विशेष योजना स्वीकार की है। पाटों के ऊपर आलू और मकई के खेती कुछ उद्योग-धंधों और बच्चों की शिक्षा के लिए पाठशालाओं का प्रबंध किया जा रहा है। यही असुर किसी समय राँची जिले के मैदानों की सारी समृद्धि के स्वामी थे। वहीं उनकी मुंडाओं से लड़ाई हुई थी। श्री शरच्चंद्र राय का मत है कि जब मुंडाओं ने उत्तर-पश्चिम की ओर से खूँटी-सबडिवीजन में प्रवेश किया तो उन्हें यहाँ एक बड़ी जबरदस्त जाति का सामना करना पड़ा। वे असुर थे जो धीरे-धीरे पश्चिम की ओर चले गए। श्री राय के अनुसार, यह घटना उस समय के बाद की है जब मुंडाओं ने सुतियाम्बे

में अपना राज्य स्थापित कर लिया था और फिर मुंडाओं का राज्य मुदरा मुंडा के हाथ से नागवंशियों के हाथ में चला गया। इस अनुमान पर संदेह करने का कोई कारण नहीं जान पड़ता।

निस्संदेह, एक पिछड़ी कहलाने वाली आदिम जाति की यह सुंदर गीति-कथा लोक-साहित्य और संस्कृति के विद्यार्थी के लिए अनेक अनमोल सूचनाओं का भंडार है। इसमें निहित मानवता का चिरंतन आदर्श है। आदिम मानव ने अपनी सीमाओं में मानवता के सामने आनेवाली चुनौती का उत्तर दिया है, किंतु आज वही चुनौती संपूर्ण मानवता के सामने है। कर्मरूप विज्ञान का वरदान संतुलन बिगड़ जाने से अभिशाप बन रहा है। उसकी हिरोशिमा और नागासाकी, आसुरी विनाश के प्रतीक, जख्मों और धावों से भरे हुए किसान के समान हैं। विश्वात्मा पीड़ित होकर राजनेताओं के नाम अपना संदेश भेज रही है। "अपने समय को काम और विश्राम में बाँट लो, अपने जीवन में विज्ञान और आत्मज्ञान का समन्वय होने दो।" पर अध्यात्म, अहिंसा और पंचशील के पखेरू युद्धोन्मत्त आसुरी हाथों से लांछित हो रहे हैं।

हमारी आसुरी प्रवृत्ति ने यदि ध्यान नहीं ही दिया तो इस बार विनाश की भट्ठी में ऐसी ज्वाला जलेगी कि रोने के लिए न स्त्रियाँ शेष रह जाएँगी न बच्चे। और उससे भी अधिक भय तो यह है कि भगवान् निराश होकर धरती को फिर वहीं भेज देंगे जहाँ से बड़ी ममता के साथ उसे उन्होंने निकाला था और फिर मानवता के दुर्भाग्य पर आँसू बहाते हुए सदा शून्य की लहरों पर निष्प्रयोजन घूमते रहने के सिवाय और कोई कार्य उनके लिए शेष नहीं रह जाएगा।

□

॥ 1 ॥

आहो सिडबोंगा राजा, देवी कुँवारी
अमगः दिशुम दो, अमगः गमय दो
बिलाकन गेया दो, हरुबा कन गेया दो
पूर्वो कोना रे, पछिमो कोना रे
उत्तरो कोना रे, दखिनो कोना रे
अमगः सिरिजन, अमगः उपुजन
उपलबा पुखुरी, तड़य बा बंदेला
गाछेयो बिरिछि, तसद्, चराइ दो रूढ़ः
दुाबला तदस्, रंकी गाई
चेड़ेयो चिपरुद् चराइयो चुनगुनी
अमः गे सिरिजन, अमः गे उपुजन।
आहो गोमके, आहो चोमके
अबुवः दिसुम रे, अबुवः गमय रे
नेलेकाबु दुकुतन, नेलेकाबु सिगिद् तन
एँमा निदा, एँमा सिंगी
अबुवः चारापानी कादु नम जद्।
आहो हगा को, आहो बोया को
चिबु चिकाया, मेरेबु रिकाया
चइरो कोना, चइरो पिरिथि
लेल बेड़ा तबु पे, चिना बेड़ा तबु पे।
आहो गोमके, आहो चोमके

लेल नम तइयाले, चिना नम तइया ले
एकासी पिड़ी रे, तिरासी बादी रे
बारो भाई हसुर को, तेरो भाई देवता को
सिपुद् तन गेया को, लेबेद् तन गेया को।

हे भगवान् राजा, हे देवी कुमारी।
देश तुम्हारा है, दुनिया तुम्हारी है।
यह जो फैला हुआ है, यह जो बिछा हुआ है
पूरब कोने में, पश्चिम कोने में
उत्तर कोने में, दक्खिन कोने में
तुम्हारी ही सृष्टि है, तुम्हारी ही रचना है।
कमल फूलों की पोखरी, (और) कुमुद फूलों की बावली
गाछ–वृक्ष और तृण–घास
दूब–घास और रंकी गाय
पक्षी–पखेरू आदि सभी चरनेवाले,
तुम्हारी ही सृष्टि हैं, तुम्हारी ही रचना हैं।
हे मालिक, हे स्वामी,
अपने देश में, अपनी दुनिया में
(हम लोग) इतने दुःख में हैं, इतनी विपत्ति में हैं।
सातों दिन (और) सातों रात
हमें दाना–पानी नहीं मिल रहा है।
हाय भाइयो, हाय बंधुओ,
हम क्या करें, हम कैसे रहें ?
चारों कोना और सारी पृथ्वी
तुम लोग देखो, तुम लोग खोजो!
हे मालिक, हे स्वामी,
हम लोगों ने देखा, हम लोगों ने खोजा

एकासी मैदान में तेरासी टाँड़ में
बारह भाई असुर और तेरह भाई देवता
फूँक रहे हैं, धौंक रहे हैं।

एलङ तन गेया दो, ऐयुर तन गेया दो
सिरमा दुदुगर, ओतेयो कोवाँसी
चि लङ चिकाया, मेरे लङ रिकाया।
दाते हो सिराबियाँ, दाते हो सिरासंगा
सोने केरा डुँटी, रुपे केरा टँइड़ी
चौंरा-बौंरा, बंडी जा विसिरी
सेंगेल गमा हिता, बंडी जेटे खिति
मनातिङ लेकोवाइङ, बुझातिङ लेकोवाइङ।
आहो सिराबियाँ, आहो सिरासंगा
अलोम सेनेया, अलोम सेटेरा
संगी हगा तेकोवा, संगी बोया तेकोवा
गो-ए तम गेया को, रोंबोद् तम गेया को
कुलदुतम कोवालङ, कुल दरंड़ा कोवालङ।
फलनारेमेन:इया, तुसकारे मेन:इया
जुड़ी-जुड़ी मेन:किङ, जोता-जोता मेन:किङ।
ढिंचुवा मारु, केरकेटा जागु।
सिंङबोगा राजा कजितन गेया दो
दैवी कुँवारी बकड़ा तन गेया दो
एहो ओदारो, एहो बोदारो
जू हो सेनेपे, जू हो बिरिद् पे
र: लिकिङ तबु पे, ककला लिकिङ तबु पे।
सेनो: जन गेया को, बिरिद् जन गेया को
तेब: लेद् किङा को, सेटेर लेद् किङा को

कुली जद किञ को, कोयोः जद किञ को
चिहो हगाकिङ; चिहो दोया किङ
मेनः बेन गेया चि, बङ वेन गेया चि।
ढिंचुवः मारु, केरकेटा जागु

आँच लग रही है, धौंक लग रही है।
आकाश में आँधी है, धरती पर कुहासा (छा रहा) है।
हम लोग क्या करें, हम लोग कैसे रहें?
हे सिराबियाँ लाओ, हे सिरासंगा लाओ
सोने की डुँटी और रूपा की टँइड़ी
चँवरा भँवरा बांडिजा विसिरी
आग का बीज और आग की खेती
हम मनाने चलेंगे, हम बुझाने जाएँगे।
हे सिराबियाँ, हे सिरासंगा
तुम मत निकलो, तुम मत जाओ।
उनका समूह है, उनका झुंड है
वे तुमको मार डालेंगे, वे तुमको दबोच लेंगे।
हम लोग दूत भेजें, हम लोग संदेश भेजें।
अमुक जगह में हैं, अमुक स्थान में हैं
जोड़ा-जोड़ा हैं—दो-दो हैं!
ढिंचुवा पक्षी, केरकेटा पक्षी!
भगवान् कह रहे हैं, भगवान् बोल रहे हैं।
हे ओदारो, हे बोदारो,
तुम लोग उठो, तुम लोग जाओ।
उन्हें बुला लाओ, उन्हें ले आओ!
वे चल पड़े, वे निकल पड़े।
वे चले गए, वे जा पहुँचे।
उन्होंने पुकारा, उन्होंने झाँका।

हे भाई, हे बंधु,
तुम लोग हो ? क्या कोई है ?

ढिंचुवा मारू केरकेटा जागू

कजि तन गेया किङ; उदुब तन गेया किङ
मेन लिङ गेया हो चिपेमेतालिङ
कालिङ कुंबुडुतन, कालिङ जुंबुड़ि तन
बोरो तन गेया लिङ; चिरी तन गेया लिङ।
आलोबेन बोरोया, आलोबेन चिरीया
अबुवः गोमके, अबुवः चोमके
रः तद् बेना–ए, केड़ा तद् बेना–ए
दोतेबु सेनेया, दोलाबु बिरिदा।
हिजुः लेन गेया को, तेबः लेद् गेया को
सिङ बोंगा राजा कुली तन गेया दो
दैवी कुँवारी कोयोः तन गेया दो
चिहो गोमके, चिहो चोमके
चेनः होम मेतालिङ; मेरे हो मेतालिङ
बोंगा लिङमचि, पौड़ा लिङा चि।
कागेहोइङ बोंगा बेन, कागे होइड पौड़ा बेन
कुल दुतम बेनइङ; कुल दरंड़ा बेनइङ
एकासी पिड़ी रे, तिरासी बादी रे
बारो भाई हसुर को, तेरी भाई देवता को
सिपुद् तन गेया को, लेबेद् तन गेया को
निदा ते नुबः ते सिपुद् तन गेया को
सिंगी ते मरेशल ते लेबंद् तन गेया को
अबुवः दिशुमरे, अबुवः गमय रे
एनातेबु दुकुतन, एनातेबु बलय तन।

इनकु ताबु हो काजि लेकोबेन
इनकु ताबु हो बंकड़ा लेको बेन
निदा को सिपुद् रे, सिंगी को होकाय का
सिंगी को लेबेद् रे, निदा को होकाय का।

दोनों बोल रहे हैं, दोनों कह रहे हैं।
हाँ हम हैं, हाँ हम मौजूद हैं।
तुम लोग क्या कहते हो, तुम लोग क्या बोलते हो?
हमने चोरी नहीं की है, हमने लोभ नहीं किया है।
हम उद्यम करते हैं, हम परिश्रम करते हैं।
हमें डर हो रहा है, हमें भय हो रहा है।
तुम लोग मत डरो, तुम लोग मत घबराओ।
हमारे मालिक ने, हमारे स्वामी ने
तुम्हें बुलाया है, तुम्हें पुकारा है।
उठो चलो, उठो निकलो।
वे लोग आ गए, वे लोग पहुँच गए।
(उन्होंने) भगवान् से कहा, भगवान् से पूछा।
हे मालिक, हे स्वामी!
हमें क्या कहते हैं, हमें क्या बोलते हैं?
क्या हमें बलि देंगे? क्या हमें पूजेंगे?
नहीं, बलि नहीं देंगे, नहीं, तुम्हें नहीं पूजेंगे।
तुम्हें दूत बनाएँगे, तुमसे संदेश भेजेंगे।
एकासी टाँड़ में, तेरासी मैदान में
बारह भाई असुर (और) तेरह भाई देवता
फूँक रहे हैं, धौंक रहे हैं।
वे रात-दिन धौंकनी चला रहे हैं।
हमारे देश में, हमारी दुनिया में

हम दुःख पा रहे हैं, हम कष्ट पा रहे हैं।
तुम लोग उनसे कहो, तुम लोग उनसे बोलो।
वे रात को फूँकें तो दिन में बंद रक्खें,
वे दिन में धौंकें तो रात में बंद रक्खें।

ढिंचुवा मारु केरकेटा जागु

काजि तन गेया किङ; कुदुम तन गेया किङ
सेनोः दोलिङ सेनोगा, बिरिद् दोलिङ बिरिदा
कजियो लिङ कजिया को, बंकड़ाओलिङ बंकड़ा को
अलिङः चारापानी कोरे लिङ नमेया
अलिङः अहार पानी चिमय रे लिङ उदमेया।
सिङ बोंगा राजा कजि केद् गेया दो
दैवी कुँवारी बंकड़ा केद् गेया दो
एना बेन कजि तन, एना बेन बंकड़ा तन
एकासी पिड़ी रे, तिरासी बादी रे
महरा कोड़ा अतर तद्, चोड़ेया कोड़ा जुंडी तद्
लो उड़ुङ तना को, बल उड़ुङ तना को
नुपिगे नपारोब, चिमरि गे पिपिरि
इन कुगे जोमकोबेन, इनकुगे नबेकोबेन।
ढिंचुवा मारु, केरकेटा जागु
सेनोः जन गेया किङ; बिरिद् जन गेया किङ
एकासी पिड़ी रे, तिरासी बादी रे
तेबः लेद् गेया किङ; सेटेर लेद् गेया किङ
जोजो गे जुंबुलय, उलि गे अंबराय
एनरेकिङ दुब् जन, एनरेकिङ जारु जन।
अकिङ चारापानी, अकिङ अहार पानी
लेल बेड़ा तना किङ; चिना बेड़ा तना किङ

नुपिगे नपारोब, चिमरीगे पिपिरी।
हनि:आ हगा, हनि:आ बोया
अलङ गोमके, अलङः चोमके
इनि गेः कजिलः, इनिः गे बंकड़ा लः।
ढिंचुवा मारू केरकेटा जागू

दोनों कह रहे हैं, दोनों बोल रहे हैं।
हम जाएँगे, हम लोग चलेंगे।
हम कह देंगे, हम समझा देंगे।
हम अन्न–जल कहाँ पाएँगे?
हम दाना–पानी कहाँ पाएँगे?
भगवान् ने कहा, भगवान ने पूछा—
तुम यह कहते हो? तुम लोग यह बोलते हो?
एकासी टाँड़ में, तेरासी मैदान में
ग्वाले के लड़के ने, चरवाहे लड़के ने
आग लगा दी है, आग सुलगा दी है
दाह से उड़ रहे हैं आँच से भाग रहे हैं
कीड़े–मकोड़े, फुनगे–फतिंगे।
उन्हीं को खाते जाओ, उन्हीं को धरते जाओ।
ढिंचुवा मारू केरकेटा जागू
उठ गए, चल पड़े।
एकासी टाँड़ में, तेरासी मैदान में
आ गए, पहुँच गए।
इमली की झुंड में, आमों के झुरमुट में
वे दोनों बैठ गए, वे दोनों ठहर गए
अपना दाना–पानी, अपना चारा–पानी
दोनों देख रहे हैं, दोनों खोज रहे हैं।

उन्होंने देख लिया, उन्होंने पा लिया
कीड़े–मकोड़े फुनगे–फतिंगे।
हे भाई, वह देखो, हे भाई, इधर देखो।
हमारे मालिक ने, हमारे स्वामी ने
इन्हीं को कहा था, इन्हीं को बताया था।

सेननम किया किङ, सेटेर नम किया किङ
सब किः गेया किङ, रुचब किः गेया किङ
जोम किः गेया किङ, नबे किः गेया किङ।
बारो भाई हसुर को, तेरो भाई देवता को
लेल तद् किञ को, चिना तद् किञ को
कपजि तन गेया को, कुपुली तन गेया को
हनकिञ हगा को, हनकिञ बोया को
ओको दिशुम चेंड़े किङ हिजुवा कना दो
चिमय गमय चिपुरुद् किङ सेटेरा कना दो।
अबुवः होन को, अबुवः गंड़ा को
बलेः बलेः होन को, लिंडुं लिंडुं गंड़ा को
जोम तको गेया किङ, नबे तको गेया किङ
दतेया हगा को, दतेया बोया को
मेड़ेद् अःसर, दुडुं टुपी टोटे
उड्ुञइञ तबुपे, सेटेराइञ तबुपे
तुइञ माइञ तुइञ किङ, तेरङ माइञ तेरङ किङ
काकिङ टोः जन, काकिङ भेजा जन।
ढिंचुवा मारु, केरकेटा जागु–
काजि केद् गेया किङ, बंकड़ा केद गेया किङ
आलो होपे गो–ए लिङ, आलो होपे रोंबोद् लिङ
मोयोद् कजि लिङ औ तद् गेया दो

बरिया बंकड़ा लिङ सेटेर तद् गेया दो
बरिया बंकड़ा लिङ सेटेर तद् गेया दो।
सिङ बोंगा राजा, देवी कुँवारी
कुल तद् लिङा–ए, आयुतद् लिङा–ए
इनियः कजि लेकापे सेसेन रेदो
इनियः बंकड़ा लेकापे मनातिङ रेदो
असुलोः गेया पे, बुगिनोः गेया पे।

दोनों चले गए, दोनों पहुँच गए
उन्हें जा धरा, उन्हें जा पकड़ा।
उन्हें खा गए, उन्हें निगल गए।
बारह भाई असुरों ने, तेरह भाई देवताओं ने
उन्हें देख लिया, उन्हें जान लिया।
वे कह रहे हैं, वे बोल रहे हैं,
भाइयो देखो, बंधुओ देखो!
किस देश के पंछी, किस देश के पखेरू
आए हुए हैं, उतरे हुए हैं।
हमारे बच्चे, हमारे लड़के
छोटे–छोटे बच्चे हैं, कोमल–कोमल शिशु हैं।
वे खा जाएँगे, वे निगल जाएँगे।
हे भाई लाओ, हे बंधु लाओ!
लोहे का धनुष (और) मजबूत तुक्का
हमारे लिए निकाल दो, हमारे लिए बाहर करो।
उन्हें हम मार डालें, उन्हें हम बींध डालें।
मार नहीं पाए, बींध नहीं सके।
(तब) मारू ढिंचुवा, जागू केरकेटा
बोलने लगे, कहने लगे।

हमें मत मारो, हमें मत तकड़ो
हम संदेश लाए हैं, हम कहने आए हैं।
आकाश के भगवान् ने, देवी कुमारी ने
हमें भेजा है, हमें पठाया है।
उनके कहे अनुसार यदि तुम लोग रहोगे
तो तुम जिओगे, तो तुम पलोगे।

निदापे सिपुद् तन, सिंगी पे लेबेद तन
एलङ तन गेया दो, ऐयुर तन गेया दो
उपल बा पुखुरी, तड़य बा बंदेला
अंजेद् तन गेया दो, रोड़ तन गेया दो।
सिङबोंगा एलङ तन गेया दो
दैवी कुँवारी ऐयुर तन गेया दो
निदा पे सिपुद् रे सिंगी हो होकाय पे
सिंगी पे लेबेद् रे, निदा ही होकाय पे
नेया गेलिङ कजि तन, नेया गेलिङ बंकड़ा तन।
बारो भाई हसुर को, तेरो भाई देवता को
काजि रूड़ा केदा को, बंकड़ा रूड़ा केदा को
एना बेन काजितन, एना बेन बंकड़ा तन
काले मनातिङ; काले बुझातिङ
संगी हगा तेलेया, संगी बोया तेलेया
कदल खाँदी, खाँदी तेलेया
जुंबर जुली, जुली तेलेया
दिरी लेकागे कुड़म तेलेया
पडंगा लेकागे सुपु तेलेया
मेड़ेद् गेले कमि तना
मेड़ेद् गेले जोम तना

जेतए ओ कले बोरोवाइया
जाँए ओ कले चिरियाइया।
फदा केद् किडञ को खुड़ूँसु केद् किडञ को
ढिंचुवा मारु केरकेटा जागु
कुइला दुड़ा रे बिचा दुड़ा रे
बाटी जन गेया दो–ए संडङ जन गेया दो
उदुर केद् किडञ को, सोलका केद् किडञ को

रात में धौंकते हो, दिन में फूँकते हो।
आग धधक रही हैं, ज्वाला जल रही है।
कमल की पोखरी, कुमुद की बावली
सूख रही है, तप रही है।
आकाश के नीचे, धरती के ऊपर
भगवान् को आँच लगती है, भगवान् को ताप लगता है।
रात को धौंको तो दिन में बंद रक्खो,
दिन में फूँको तो रात में बंद रक्खो।
हमारा यही कहना है, हमारा यही संदेश है।
बारह भाई असुर, तेरह भाई देवता
उत्तर देने लगे, जवाब देने लगे।
तुम यह कहते हो? तुम यह सुनाते हो?
हम नहीं मानेंगे, हम नहीं सुनेंगे।
हम बहुत भाई हैं, हम बहुत बंधु हैं।
हम केले की खांदी जैसे हैं
हम फलों के गुच्छे की तरह हैं।
पत्थर की तरह छाती है
अरकठे की तरह बाँह है
हम लोहा कमाते हैं

हम लोहा ही खाते हैं।
हम लोग किसी से नहीं डरते
हम किसी की परवाह नहीं करते।
उन्हें ठोकर मारा, उन्हें लतिया दिया
भारू ढिंचुवा जागू केरकेटा
कोयले की राख में, लोहे की राख में
गिर गए, वे पड़ गए।
उन्होंने ठेल दिया, उन्होंने ढकेल दिया।

रः तन गेया किङ गेरङ तन गेया किङ।
सिंगबोंगा राजा, देवी कुँवारी

लेल दरोम तना किङ, चिना दरोम तना किङ
ढिंचुवा मारु केरकेटा जागु
रः इदि तना किङ, गेरङ इदि तना किङ।
अलोबेन रः या, अलोबेन इयमे
चेनः को कजि केद् मेरे को बंकड़ा केद्
एना ताबु कजि बेन, एना ताबु बंकड़ाए बेन।
ए हो गोमके, ए हो चोमके
अलेगे देरङ सिङ बोंगा तेलेया
अलेगे देरङ मिरङ देवता तेलेया
काले मनातिङ काले बुझातिङ
मेंते देरङ को कजि केद् गेया को
मेंते देरङ को बंकड़ा केद् गेया को।
सिङ बोंगा राजा कजि केद् गेया दो
दैवी कुँवरी बंकड़ा केद् गेया दो
जू हो सेनोः बेन, अबेनः ओड़ःते

जू हो रूड़ा बेन अबेनः दुवरते।
ढिंचुवा मारु केरकेटा जागु
कजि केद् गेया किङ; बंकड़ा केद् गेयाकिङ
नका नका लिङ लेलोः तना, नका नका लिङ चिनाओ तना
अलिञ हुगा को, अलिञ जाति को
काको जमा लिञ, काको, मोसा लिञ।
एना बेन कजि तन, एना बेन बंकड़ा तन
अबेनः हगा को, अबेनः जाति को
अबेना लेका गे सोबेन मेनः को
अवेन लैका गे जोतो मेनः को

वे रो रहे हैं, वे बिलख रहे हैं।
भगवान् राजा और देवी कुमारी
उनकी राह देख रहे हैं, उनकी प्रतीक्षा कर रहे हैं।
मारू ढिंचुवा और जागू केरकेटा
रोते आ रहे हैं, बिलखते आ रहे हैं।
तुम लोग मत रोओ, मत विलखो,
उन्होंने क्या कहा, वे क्या बोले?
यह बताओ, यह कहो।
हे मालिक, हे स्वामी,
"हमीं भगवान हैं, हमीं देवता हैं
हम नहीं मानेंगे, हम नहीं सुनेगे।"
इस तरह उन्होंने कहा, इस तरह वे बोले।
तब भगवान ने कहा तब भगवान बोले।
तुम लोग घर जाओ, तुम लोग घर लौटो।
मारू ढिंचुवा जागू केरकेटा
दोनों ने कहा, दोनों बोले—

इस तरह हम दीख रहे हैं
इस तरह हम लग रहे हैं।

हमारे भाई–बंधु, हमारे जातिवाले
हमें नहीं दिखाएँगे, हमें नहीं रक्खेंगे।

तुम लोग क्या कह रहे हो?
तुम लोग क्या कह रहे हो?
तुम्हारे सारे भाई, तुम्हारे सारे बंधु
तुम्हारी ही तरह हो गए, तुम्हारी ही तरह बन गए।

□

॥ 2 ॥

ए हो सिराबियाँ, ए हो सिरासंगा
कुल दुतम केनालङ, कुल दरड़ा केनालङ
काको मनातिङ जन, काको बुझातिङ जन
चि लङ चिकाया, मेरेलङ रिकाया।
हे हो सिरा बियाँ, हे हो सिरा संगा
आइञगे तलङ सेनोगा, आइञगे तलङ बिरिदा
सोने केरा डुँटी, रूपा केरा टँइड़ीं
उड्डइञ में तलङ, सेटेराइञ में तलङ
चौंरा–बौंरा, बंडी बिसिरी
सेंगेल गमा हिता, बंडी जेटे खिति
दाते तलङ आँवइञ में
दाते तलङ सेटेराइञ में।

आलो होम सेनेया, आलो होम बिरिदा
संगी हगा तेकोवा, संगी बोया तेकोवा
गो–ए तम गेया को, रोंबोद् तम गेया को
कुल दुतम कोवालङ, कुल दरड़ा कोवालङ
फलना रे मेनःइया, तुसका रे मेनःइया
लङ चेड़े लौखोन, बोचोः चेड़े कजुरु।
ओदारो बोदारो साइस कोतवार
जू तबु सेनोः पे, जू तबु बिरिद पे

सेनोः जन गेया को, बिरिद जन गेया को
कुली तन गेया को, पिचा तन गेया को
चिहो हगा किङ; चिहो बोया किङ
मेनः बेन गेया चि बङ बेन गेया हो।

हे सिराबियाँ, हे सिरा संगा

हमने दूत भेजा, हमने संदेशा पठाया।
उन्होंने नहीं माना, उन्होंने नहीं सुना।
अब हम क्या करें, अब हम क्या करें?
हे सिराबियाँ, हे सिरासंगा
अब हमीं जाएँगे, अब हमीं चलेंगे।
सोने की डुंटी और रूपा की टँइड़ी
मेरे लिए ला दो, मेरे लिए निकाल दो।
चौरा भौंरा वंडिजी बिसिरी
आग का बीज, ज्वाला का बीज
मेरे लिए ला दो, मेरे लिए निकाल दो।
नहीं, तुम मत जाओ, नहीं, तुम मत निकलो।
वे झुंड-के-झुंड हैं, वे समूह-के-समूह हैं,
वे तुम्हें मार डालेंगे, वे तुम्हें दबोच डालेंगे।
हम दूत भेजेंगे, हम संदेश पठाएँगे।
अमुक स्थान में (दूत) हैं, अमुक जगह में हैं।
लोकोन लं-पक्षी, कजरू बोचो पक्षी।
हे ओदारो, जाओ उठो
हे बोदारो, जाओ उठो।
वे उठ गए, वे चले गए।
वे पूछ रहे हैं, वे खोज रहे हैं,
हे भाई, हे बंधु,
क्या तुम लोग हो? क्या तुम लोग मौजूद हो?

लङ चेड़ें लोखोन, बोचोः चेड़ें कजुरु

कजि केद् गेया किङ, कुदुम केद् गेया किङ
मेनः दो मेनः लिङ, बङ दो बङ लिङ
चेनः पे मेतालिङ, मेरे पे मेतालिङ
कालिङ कुंबुड़ू तन, कालिङ जुंबुड़ी तन
बोरो तन गेया लिङ, चिरी तन गेया लिङ।

ओदारो–बोदारो, साइस कोतवार
कजि केद् गेया को, बंकड़ा केद् गेया को
आलोबेन बोरोया, आलोबेन चिरीया
सिङ बोंगा राजा, रःतद् बेना हो

दैवी कुँवारी केड़ा तद् बेना हो
दोते दोलाबु सेन कोःगेया दो
दोते दोलाबु बिरिद् कोः गेया दो।
हिजुः लेन गेया को, सेटेर लेन गेया को

सिङ बोंगा राजा, दैवी कुँवारी
कजिकेद् गेया किङ, बंकड़ा केद् गेया किङ
अबेन हले तबु लङ चेंढ़े लोखोन

अबेन हले तबु बोचीः चेड़ें कजुरु
अबुवः विशुमरे, अबुवः गमय रे
इसुबु दुकुतन, इसुबु सिगिद् तन।

एकासी पिड़ी रे, तिरासी बादी रे
बारो भाई हसुर को, तेरो भाई देवता को

निदा सिंगी को सिपुद् तन गेया दो
सिंगी सटूब् को लेबेद् तन गेया दो
एलङ तन गेया दो ऐयर तन गेया दो
उपलबा पुखुरी अंजेद तन गेया दो
लोकोन-लं पक्षी, कजरू बोचो पक्षी

उन्होंने कहा, उन्होंने जवाब दिया—
हाँ, हम हैं, हाँ, हम मौजूद हैं।
हमें क्या कहते हो? हमसे क्या बोलते हो?
हमने चोरी नहीं की, हमने लोभ, नहीं किया।
हमें डर लग रहा है, हमें भय लग रहा है।
ओदारो ने कहा बोदारो ने कहा—
तुम लोग मत डरो, तुम लोग मत घबराओ।
भगवान् ने तुम्हें बुलाया है, देवी कुमारी ने पुकारा है।
चलो हम चलें, उठो हम चलें।
तब वे आ गए, तब वे पहुँच गए।
भगवान् ने कहा, भगवान् ने बताया—
हे भाई लोकोन लं-पक्षी, हे भाई कजरु बोचो पक्षी!
अपने देश में, अपनी दुनिया में
हमें बहुत दुःख हो रहा है, हमें बहुत कष्ट हो रहा है।
एकासी टाँड़ में, तेरासी मैदान में
बारह भाई असुर (और), तेरह भाई देवता
रात-दिन फूँक रहे हैं, रात-दिन धौंक रहे हैं।
हमें आँच लग रही है, हम झुलस रहे हैं।
कमल फूल की पोखरी, कुमुद फूल की बावली
सूख रही है, तप रही है।

तड़ाय बा बंदेला रोड़ तन गेया दो।

जू तबू सेनोः बेन, जू तबु बिरिद वेन
कजि को मनातिङ रे असुलोः गेया को
बंकड़ा को बुझातिङ रे धुगिनोः गेया को
मेंते देरङ कजि लेकोबेन

मेंते देरङ बंकड़ा लेकोबेन।
लङ चेड़े लोखोन, बोचोः चेड़ें कजुरु
कजि केद् गेया किङ, कुदुम केद् गेया किङ
सेनोः दोलिङ सेनोगा, बिरिद दोलिङ बिरिदा
अलिङ : चारापानी कोरे लिङ नमेया
अलिङ अहार पानी चिमपरेलिङ खोजारे।

सिंगबोंगा राजा कजि केद् गेया दो
एना बेन कजितन एना बेन बकड़ा तन
एकासी पिड़ी रे, तिरासी बादी रे
महरा कोड़ा दो अतर तद् गेया दो

चोड़ेया कोड़ा दो जुंडी तद् गेया दो
लो तन गेया दो, बले तन गेया दो
दुपीगे नपारोब, चिमरिगे पिपिरि
इनिः गे जोमी बेन, इनिः गे नबी बेन।

सेनोः जन गेया किङ बिरिद् जन गेया किङ
एकासी पिड़ी रे, तिरासी बादी रे
जोजोगे जुंबुलय, उली गे अंबाराय

दुब का गेया किङ, जारू जन गेया किङ
अकिङ चारापानी लेल तन गेया किङ

अकिङ अहार पानी चिन तन गेया किङ
लेल नम तइया किङ चिना नम तइया किङ

जाओ, तुम लोग जाओ, जाओ तुम उठो।
उन्हें समझा दो, उन्हें मना दो।
यदि मान जाएँगे तो जिएँगे,
यदि समझ लेंगे तो पलेंगे।
उन्हें इस तरह बता दो
उन्हें इस तरह समझा दो।
लोकोन लं–पक्षी कजरू वोचो पक्षी
दोनों कहने लगे, दोनों बोलने लगे—
जाने को तो जाएँगे, चलने को तो चलेंगे
अपना चारा–पानी कहाँ पाएँगे ?
अपना खाना–पीना कहाँ खोजेंगे ?
भगवान् ने कहा, भगवान् के बताया—
तुम्हारी यही बात है, तुम्हारी यही चिंता है ?
एकासी मैदान में, तेरासी टाँड़ में
ग्वाले लड़के ने, चरवाहे छोकरे ने
जला दिया है, सुलगा दिया है
जल रहा है, धधक रहा है।
उड़ रहे हैं, भाग रहे हैं
कीड़े–मकोड़े, फुनगे–फतिंगे
उन्हीं को खाओ, उन्हीं को पकड़ो
वे चल पड़े, वे निकल पड़े,
एकासी मैदान में, तेरासी मैदान में
इमली के झुंड में, आमों के झुरमुट में
दोनो बैठ गए, दोनों उतर गए।

अपना चारा–पानी अपना दाना–पानी
इधर–उधर देखने लगे, इधर–उधर खोजने लगे
उन्होंने देख लिया, उन्होंने पा लिया

नुतिगे नपारोव, चिमरिगे पिपिरि
हनिया हगा, हनिया बोया
अलङ गोमके, अलङ चोमके
नी गे: कजि केन, नी गे: बंकड़ा केन
मेंते गोड़े किङ कपजि तना दो
मेंते गोड़े किङ, बपकड़ा तना दो।
सेन तम तइया किङ, सेटेर नम तइया किङ
सब कि: गेया किङ, रुचय कि: गेया किङ
जोम कि: गेया किङ, नब कि: गेया किङ।
हसुर जा होन को, देवता जा गंड़ा को
लेल केद् किञ को, चिना केद् किञ को
कजितन गेया को, कपाजि तन गेया को
बंकड़ा तन गेया को, बंगड़ा तन गेया को।

हन किञ हगा को, हन किञ बोया को
ओको दिशुम चेंड़े किङ
चिमय गमय चिपुरुद् किङ
हिजुबा कना किङ सेटेरा कना किङ।

अबुव: होनको अबुव: गंड़ा को
बले: बले: होन को, लिंडुं–लिंडुं गंड़ा को
निकिङ दोकिङ जोम को, निकिङ दोकिङ नवे को
दातेया हगा को, दातेया बोया को

मेड़ेद् अःनर दुंडु टुपी टोटे
उडु आइञ तबुपे सेटेराइञ तबुपे।
हसुर जा होन को, देवता जा गंड़ा को
मेड़ेद् आःसर को अउलेद् गेया दो
दुंडुटुपी टोटे को सेटेर लेद् गेया दो।

कीड़े-मकोड़े, फुनगे-फतिंगे,
हे भाई वह देखो, हे भाई उधर देखो,
हमारे मालिक ने, हमारे स्वामी ने
यही कहा था, इसी को बताया था।
आपस में बोल रहे हैं, आपस में कह रहे हैं।
तब वे चले गए, तब वे पहुँच गए
उन्हें जा पकड़ा, उन्हें जा दबोचा
उन्हें खा गए, उन्हें निगल गए।
असुरों के बच्चों ने देवताओं के लड़कों ने
उन्हें देख लिया, उन्हें निगल गए।
वे कह रहे हैं, वे बोल रहे हैं।
हे भाई वह देखो, हे बंधु उधर देखो!
किस देश के पक्षी, किस देश के पखेरू
वे आए हुए हैं, वे पहुँचे हुए हैं?
हमारे बच्चे, हमारे लड़के,
छोटे-छोटे बच्चे हैं, कोमल-कोमल लड़के हैं।
वे खा जाएँगे, वे निगल डालेंगे।
भाइयो, लाओ, बंधुओ निकालो।
लोहे का धनुष, मोटा तुक्का
हमारे लिए ला दो, हमारे लिए निकाल दो।

असुरों के बच्चों ने, देवताओं के लड़कों ने
धनुषों को ला दिया, तुक्कों को निकाल दिया।

तुइङजद् किञ को, तेरङजद् किञ को
काकिङटो: तन, तेरङजद् किञ को
कजितन गेया किङ बंकड़ा तन गेया किङ
अपेया हगा को, अपेया बोया को
अलोपे तुइञ लिङ, अलोपे तेरङ लिङ
मिगद् कजिलिङ अउ तद् गेया दो
दरिया बकड़ा लिङ सेटेर तद् गेया दो।
सिङबोंगा राजा कुलतद् लिञ दो
दैवी कुँवारी अचु तद् लिञ दो
निदापें सिपुद् तन, निदा होपे लेबेद् तन
एलङ तन गेया दो, ऐयुर तन गेया दो
उपुलबा पुखुरी, अंजेद् तन गेया दो
जीव–जंतु जोम काको नम जद्
चेड़े चिपुरुद् दः काको नम जद्
इसुको दुकु तन, इसु को सिगिद् तन
पुर गेको कोष्टो तन, पुरः गेको बलय तन
सिङबोंगा राजा, एलङ तन गेया दो
दैवी कुँवारी ऐयुर तन गेया दो
निदा पे सिपुद्रे सिंगी हो होकाय पे
सिंगी पे लेबेद्रे निदा हो होकाय पे
असुलोः गेया पे, बुगिनो गेया पे
नेया कजिलिङ कजितना दो
नेया बंकड़ा लिङ बंकड़ा तना दो।

हसुर जा होन को, देवता जा गंड़ा को
खींस जन गेया को, बगड़ाव जन गेया को
अना बेन कजि तन, अनाबेन बंकड़ा तन

वे मारने लगे, वे बींधने लगे।
उन्हें मार नहीं सके, वे बींध नहीं सके।
दोनों कहने लगे, दोनों बोलने लगे—
हे भाइयो, हे बंधुओ!
हमें मत मारो, हमें मत बींधो।
हम एक बात कहने आए हैं
हम दो बात बताने आए हैं।
भगवान् ने हमें भेजा है
देवी कुमारी ने हमें पठाया है।
रात को फूँकते हो, दिन को धौंकते हो,
जल रहा हैं, धधक रहा है
कमल फूलों की पोखरी, कुमुद की बावली
सूख रही है, तप रही है
जीव-जंतु, पक्षी-पखेरू
दाना नहीं पाते, पानी नहीं पाते।
उन्हें बहुत कष्ट है, उन्हें बहुत दुःख है।
भगवान् राजा को, देवी कुमारी को
आँच लग रही है, ताप लग रहा है
रात को धौंको तो दिन को बंद रक्खो।
दिन को फूँको तो रात को बंद रक्खो।
तब पलोगे, तब जिओगे।
यही बात कहते हैं, यही संदेश सुनाते हैं।
असुरों के बच्चे, देवताओं के लड़के

क्रोधित हो गए, बिगड़ उठे।
यही कहने आए हो, यही संदेश लाए हो?

काले मनातिङ काले बुझातिङ
संगी हगा तेलेया, संगी बोया तेलेया
कदल खांदी खांदी तेलेया
जुंबर जुली–जुली तेलेया।
अलेगे सिङ बोंगा, अलेगे मरङ देवता
जेताओ जाँए ओ काले बोरोबाई
जाँए ओ जेताओ काले चिरियाई
मेड़ेद् गेले कमी तन, मेड़ेद् गेले जोम तन
दिरिलेका कुड़ाम तेले, पड़ंगा लेका सुपु तेले
मेने मेने को कजि हो।
मेने मेने को बंकड़ा केदा हो।
गो–ए जद् किञ को, रोंबोद् जद् किञ को
कुइला दुड़ा तेको हेर जद् किञ दो
रांगा माटी तेको सोपः जद् किञ दो
लड़ चेंड़े लोखोन, बोचोः चेंड़े कजुरु
संडासोम तेको सब किः गेया दो
चद्लोम तयः दो जिलिङ जना दो।
उदुर कुल केद् किञ को
सोलका कुल केद् किञ को
वाटि जन गेया किङ, सडङ जन गेया किङ
रः तन गेया किङ, गेरङ तन गेया किङ
इयम तन गेया किङ, सयद् तन गेया किङ।
सिंगबोंगा राजा, दैवी कुँवारी
लेल दरोम तना किङ, चिना दरोम तना किङ

लड चेंड़े लोखोन, बोचो: चेंड़े कजरु
र: तन गेया किङ; रुंबुल तन गेया किङ।

हम नहीं मानेंगे, हम नहीं सुनेंगे।
हम बहुत भाई हैं, हम बहुत बंधु हैं।
केले की खांदी की तरह हमारा झुंड है,
फलों के गुच्छे की तरह हमारा समूह है।
हमीं भगवान् हैं, हमीं बड़े देवता हैं।
हम किसी से नहीं डरते, हम किसी से भय नहीं करते।
हम लोहा ही कमाते हैं, हम लोहा ही खाते हैं।
हमारी पत्थर की छाती है, हमारी अरकठा की बाँह है
उन्होंने इस तरह कहा, उन्होंने ऐसा जवाब दिया।
दोनों को मार रहे हैं
दोनों को दबोच रहे हैं
उन पर कोयले की राख फेंकते हैं
उन पर लाल फूल डालते हैं।
लोकोन लं-पक्षी को, कजरू वोचो पक्षी को,

सँड़सी से पकड़ लिया, सँड़सी से धर लिया।
उसकी पूँछ बढ़ गई, उसकी पूँछ लंबी हो गई।
उन्हें ढकेल दिया, उन्हें फेंक दिया।
वे गिर गए, वे पड़ गए।
दोनों रो रहे हैं, दोनों बिलख रहे हैं।
वे आने लगे, वे लौट पड़े।
भगवान् राजा, देवी कुमारी
प्रतीक्षा कर रहे हैं, राह देख रहे हैं।

लोकोन लं-पक्षी, कजरू बोचो चेंड़े
रो रहे हैं, बिलख रहे हैं।

आलोबेन राया, आलोबेन रुंबुले
मरतबु कजिबेन, मन तबु बकड़ाय बेन
चिकन कजि बेन औ तद् गेया दो
मेरेकन बंकड़ा बेन, सेटेर तद् गेया दो।

ए हो गोमके, ए हो चोमके
काको मनातिङ, काको बुझातिङ
गो-ए केद् लिञ को रोंबोद् केद् लिञ को
दल केद् लिञ को रू केद् लिञ को
फदा केद् लिञ को, खुंड़सु केद् लिञ को
अलेगे सिङ बोंगा, अलेगे मरङ देवता
मेंते देरङ को बंकड़ा केदा दो
मेंते देरङ को बंकड़ा केदा दो
सिङ बोंगा राजा कजि केद् गेया दो
वी कुँवारी बंकड़ा केद् गेया दो
जू तबु सेनोः बेन जू तबु बिरिद् बेन
अबेन ओड़ः ते, अबेनः, दुबर तेः
सेनोः दोलिङ सेनोया बिरिद् दोलिङ बिरिदा
नालेकालिंङ लेनोः तन नालेकालिङ चिनाओतन
अलिङ हगा को, अलिङः बोया को
काको जमा लिङ, काको मोसा लिङ।
अनाबेन कजितन, अनाबेन बंकड़ा तन
अबेन हगा को, अबेनः बोया को
सोबेन को नेका गे

जोतो को नेलेकागे।
सेनोः जन गेया किङ, गिरिद् जन गेया किङ
अकिङः ओड़ः ते, अकिङः दुवर ते

मत रोओ, मत बिलखो।
कहो, बताओ, बोलो, बताओ।
तुम क्या खबर लाए, तुम क्या समाचार लाए?
हे मालिक, हे स्वामी
वे नहीं मानते, वे नहीं समझते।
उन्होंने हमें मारा, उन्होंने हमें कुचला
हमें लात मारा, हमें धक्का मारा
हमीं भगवान् हैं, हमीं बड़े देवता हैं—
इस तरह कहा, इस तरह जवाब दिया।
भगवान् बोलने लगे, देवी कुमारी कहने लगीं—
अब तुम जाओ, अब तुम उठो—
अपने-अपने घर, अपने-अपने द्वार
जाने को तो जाएँगे, उठने को तो उठेंगे
इस तरह दीख रहे हैं, इस तरह लग रहे हैं।
हमारे भाई लोग हमारे बंधु लोग
हमें नहीं मिलाएँगे, हमें नहीं रक्खेंगे।
बस यही कहना है, यही बोलना है?
तुम्हारे सभी भाई, तुम्हारे सभी बंधु
ऐसे ही हो जाएँगे, ऐसे ही बन जाएँगे।
वे चले गए, वे उठ गए।
अपने-अपने घर अपने-अपने द्वार।

सोबेन हगा को किङ लेलजद् कोबा दो

जोतो बोया को किङ लेल केद् कोबा दो
होना तुका किङ लेल केद् गेया दो
हेला तुकारे अकिङ लेकागे
हेना तुकाकिङ चिना केद् गेया दो
हेना तुकारे अकिङ लेकागे
सोबेन को तैकेन, जोतो को तैकेन।

सबको देखा, सभी भाइयों को निरखा

इस खोते में देखा
इस खोते में भी वैसे ही हैं।
उस खोते में भी वैसे ही हैं
पूरे वैसे ही हैं।
सभी वैसे ही हैं।

□

॥ 3 ॥

एला हो सिरबियाँ, एला हो सिरासंगा
फुल दुतम केनालङ, कुल दरड़ा केनालङ
चारों भाई हसुर को, तेरो भाई देवता को
काको मनातिङ, काको बुझातिङ

अइञगे तलङ सेनौ कोवा दो
अइञगे तलङ सेटेरां कोवा दो।
उड्डइञ तलङ में, सेटेराइञ तलङ में
स।ने केरा डुंटी, रुपे केरा टँइड़ी
चौंरा-बौंरा बंड़ी बिसिरी
सेंगेल गमा हिता, बंडी जेटे खिति।

आलोम सेनेया, आलोम बिरिदा
संगी हगातेकोवा, संगी बोया तेकोवा
गोया कम गेया को, रोंबोद् तम गेया को
कुल दुतम कोवालङ कुल दरड़ा कोबालङ
फलना रे मेनइया, तुसका रे मेनइया
लिपि सुसारी, कौवा भंडारी।

ओदारो-बोदारो, साईस कोतवार
जू तबु सेनेपे जू तबु बिरिद पे

लिपि सुसारी, कौवा भंडारी
र: औ किङ पे, केड़ा औ किङ पे
सेना: जन गेया को, बिरिद जन गेया को।
तेब: लेद् गेया को, सेटेर लेद् गेया को

चिहो हगा किङ; चिहो बोया किङ
मेन: बेन गेया चि, बङ बेन गेया चि।

हे सिराबियाँ हे सिरासंगा
हमने दूत भेजा, हमने संदेश पठाया
बारह भाई असुर और तेरह भाई देवता
मानते नहीं हैं, समझते नहीं हैं।
अब हमीं जाएँगे, अब हमीं उठेंगे।
हमारे लिए ला दो, हमारे लिए निकाल दो
सोने की डुंटी रूपा की टँइड़ी
चंवरा-भँवरा बंडी बिसिरी
आग बरसानेवाला बीज, ज्वाला बरसानेवाला बीज
नहीं तुम मत जाओ, नहीं तुम मत निकलो
वे बहुत भाई हैं, वे बहुत बंधु हैं।
मार डालेंगे, कुचल डालेंगे।
हम दूत भेजें, हम संदेशा पठावें।
अमुक जगह, है फलाँ जगह हैं
लिपि सुसारी कौवा भंडारी
उन्हें बुलाओ, उन्हें बुलाओ
हे ओदारो, हे बोदारो
जाओ तुम जाओ, उठो तुम उठो।
वे चल पड़े, वे निकल पड़े

वे जा पहुँचे, वे जा उतरे
हे भाई, हे बंधु,
क्या तुम हो, क्या तुम हो ?

मेनः लिङरेयो हो, लिङरेयो हो
चेलः पे मेतालिङ, मेरे पे बंकड़ा लिङ
कालिङ कुम्बुडुतन, कालिङ जुंबुड़ी तन
बोरो तन गेयालिङ; चिरी तन गेया लिङ।
आलोबेन बोरोया, आलोबेन चिरीया
अबुवः गोमके, अबुवः चोमके
रः तद् बेनाए, केड़ा तद् बेनाए।
सेनोः जन गेया को, बिरिद जन गेया को
तेबः लेद् गेया को, सेटेर लेद गेया को
चिहो गोमके, चिहो चोमके
जोहार किः गेया किङ उडुः किः गेया किङ
बोंगा लिङम चि, पौड़ा लिङम चि।
का होइङ बोंगा बेन, का होइङ पौड़ा बेन
अबुवः दिशुमरे, अबुवः गमायरे
नेलेकाबु दुकु तन, नेलेकाबु सिगिद् तन
सिरमा हो दुदुगर, ओते हो कोंबासी
एलङ तन गेया दो, ऐयुर तन गेया दो।
एकासी पिड़ी रे, तिरासी बादी रे
बारो भाई हसुर को, तेरो भाई देवता को
सिपुद् तन गेया को, लेदेद् तन गेया को
निदा को सिपुद् तन, सिंगी को लेबेद तन
निदा-सिंगी एलङ तन, सिंगी सटुब ऐयुर तन।
जू ताबु सेने बेन, जू ताबु बिरिद बेन

बारो भाई हसुर को, तेरो भाई देवता को
निदा को सिपुद् रे, सिंगी को होकायका
सिंगी को लेबेद रे, निदा को होकायका

हाँ, हम मौजूद हैं, हाँ, हम उपस्थित हैं
क्या बात है ? क्या काम है ?
हम चोरी नहीं करते, हम लोभ नहीं करते
हमें डर लग रहा हे, हमें भय लग रहा है।
तुम डरो मत, तुम भयभीत मत हो
हमारे मालिक ने, हमारे स्वामी ने
तुम्हें बुलाया है, तुम्हें पुकारा है
वे चल पड़े, वे उठ पड़े
वे जा पहुँचे, वे जा उतरे
मालिक क्या बात है, स्वामी क्या बात है ?
उन्होंने जोहार किया, उन्होंने प्रणाम किया
क्या हमें पूजेंगे, क्या हमें बलि देंगे ?
हम बलि नहीं देंगे, हम नहीं पूजेंगे।
हम अपने देश में, हम अपनी दुनिया में
इतने दुःख में हैं, इतनी विपत्ति में हैं।
आसमान में आँधी है, जमीन पर अँधेरा है
जल रहा है, धधक रहा है
बारह भाई असुर, तेरह भाई देवता
फूँक रहे हैं, धौंक रहे हैं।
रात को फूँकते हैं, दिन को धौंक रहे हैं
रात-दिन जल रहा है, रात-दिन धधक रहा है।
जाओ तुम जाओ, उठो तुम जाओ।

बारह भाई असुर तेरह भाई देवता
दिन में फूँकें तो रात को बंद रक्खें
रात में फूँके तो दिन में बंद रक्खें

नेया गे ताबु हो कजि लेकोबेन

नेयागे ताबु हो बंकड़ा लेको बेन।
एहो गोमके, एहो चोमके
सेन दोलिङ सेनेया, बिरिद् दोलिङ बिरिदा
अलिङ चारा-पानी कोरे लिङ नमेया
अलिङ अहार पानी कोरे लिङ नमेया।
अनाबेन कजितन, अनाबेन बंकड़ा तन
एकासी पिड़ि रे, तिरासी बादो रे
नुपिगे नपारोब्, चिनरिगे पिपिरी
तिजुगे, उरुगे, सोया गे, पोगा गे
इनकुगे जोम कोबेन, इनकुगे नबेकोबेन।
सेनो: जन गेया किङ बिरिद् जन गेया किङ
एकासी पिड़ी रे, तिरासी बादी रे
जोजो गे जुंबलय उलिगे अंबाराय
एनरेकिङ दुब् जन एनरेकिङ जारु जन।
आकेङ चारा पानी अकिङ अहार-पानी
लेल बड़ा तना किङ चिना बड़ा तना किङ
नुपिगे नपारोब् किङ लेल तद् कोवा दो
सोया गे-पोगा गे किङ चिना नम तदा दो।
हनिया हगा हनिया धोया
अलङ गोमके, अलङ चोमके
नी गे: कजिकेन नेया गे: बंकड़ा केन
सब कि: गेया किङ रूचब केद् गेया किङ

जोम कि: गेया किङ नबे केद् गेया किङ
हसुर जा होन को लेल केद् किञ दो
देवता जा गंड़ां को चिना केद् किञ दो

यही बात कह आओ, यही संदेशा सुना आओ।
हे मालिक, हे स्वामी,
जाने को तो जाएँगे, उठने को तो उठेंगे
अपना दाना-पानी कहाँ पाएँगे
अपना आहार-पानी कहाँ खोजेंगे
यही बात है ? यही माँग है ?
एकासी मैदान में, तेरासी टाँड़ में
ग्वाला लड़का, चरवाहा छोकड़ा
जला रहे हैं, फूँक रहे हैं।
कीड़े-मकोड़े, फुनगे-फतिंगे
भाग रहे हैं, उड़ रहे हैं
उन्हीं को खाओ, उन्हीं को चुगो।
एकासी मैदान में, तेरासी टाँड़ में
इमली के झुंड में, आमों के झुरमुट में
वे जा बैठे, वे जा उतरे।
अपना चारा-पानी, अपना आहार-पानी
वे खोजने लगे, वे ढूँढ़ने लगे।
कीड़े मकोड़े, फुनगे फतिंगे
उन्होंने देख लिया, उन्होंने जान लिया
हे भाई वह देखो, हे बंधु उधर देखो,
हमारे मालिक ने, हमारे स्वामी ने
इन्हीं को कहा था, इन्हीं को बताया था।
उन्हें पकड़ लिया, उन्हें धर लिया।

उन्हें खा गए, उन्हें चुग लिया
असुरों के बच्चों ने, देवताओं के लड़कों ने
उन्हें देख लिया, उन्हें जान लिया

कजितन गेया को बंकड़ा तन गेया को
हन किङ हगा को हन किङ बोया को
ओको दिशुम चेंड़ें किङ; चिमयरेन चिपुरूद किङ
जोजो गे जुंबुलय रेकिङ दुबा करना दो
अलिगे अंबाराय रेकिङ जारुबा कना दो
नेलेका किङ लेलो: तन नेलेका किङ चिनाओतन
अबुवः होन को अबुवः गंड़ां को
निकिङ दोकिङ जोम को, निकिङ दोकिङ नबे को।
दातेया हगा को, दातेया बोया को
गेड़ेद् अःसर, दुडुटुपी टोटे
उडुङइञ ताबु पे, सेटेराइङ ताबु पे
तुइञ जद् किङ को, तेरङ माइञ तेरङ किङ

तुइञ जद् किङ को, तेरङ जद् किङ को
काकिङ टोगो: तन, काकिङ बेजाओ तन।
आलोपे तुइञ लिङ; आलोपे तेरङ लिङ
आलोपे गो-ए लिङ; आलोपे रोंबोद् लिङ

मोयोद् कजिलिङ कजिलेया दो
बरिया बंकड़ा लिङ बंकड़ा लेया दो
सिंग बोंगा राजा कुल तद् लिङ दो।
देवी कुँवारी कुल तद् लिङ दो।

सिरमाओ दुदुगर, ओतेयो कोंवासी
एलङ तन गेया दो, ऐयुर तन गेया दो
सिंगी पे सिपुद्रे, निदा आलोपे सिपुदे
निदा पे सिपुद रे, सिंगी ओलोपे लेबेदेरे।
नेया कजिपे अपुमरे दो, नेया बंकड़ा पे नतेन रेदो
असुलोः गेया पे बुगिनी गेया पे

वे कह रहे हैं, वे बात कर रहे हैं।
हे भाई वह देखो, हे भाई उधर देखो।
किस देश के पक्षी, किस देश के पखेरू
आए हुए हैं, उतरे हुए हैं?
इमली के झुंड में आए हुए हैं,
आम के झुरमुट में उतरे हुए हैं।
हमारे बच्चों को, हमारे लड़कों को
छोटे-छोटे बच्चों को, नन्हे-नन्हे लड़कों को
वे खा जाएँगे, वे निगल डालेंगे।
हे भाइयो लाओ, हे बंधुओ निकालो,
लोहे का धनुष, मोटा तुक्का
हमारे लिए ला दो, हमारे लिए निकाल दो।
हम उन्हें मारेंगे, हम उन्हें बींधेंगे।
वे मारने लगे, वे बींधने लगे
मार नहीं सके, बींध नहीं सके।
हमें मत मारो, हमें मत बींधो
हमें मत मारो, हमें मत कुचलो।
हम एक बात कहने आए हैं,
हम दो संदेश सुनाने आए हैं,
भगवान् राजा ने, देवी कुमारी ने

हमें भेजा है, हमें पठाया है।
आसमान में धुआँ है, जमीन में आँधी है
जल रहा है, धधक रहा है
(यदि) रात में फूँको तो दिन में मत फूँको
(यदि) दिन में फूँको तो रात में मत फूँको।
यह बात मानोगे, यह बात सुनोगे
पालन-पोषण होगा, भले-चंगे रहोगे।

मेंते देरङ किङ कजि केदा दो

मेंते देरङ किङ बंकड़ा केदा दो।
बारो भाई हसुर को, तेरो भाई देवता को
खींस जन गेया को, खदराव जन गेया को
अनाबेन कजि तन, अनाबेन बंकड़ा तन
काले मनातिङ, काले बुझातिङ
अलेगे सिंङ बोंगा, अलेगे मरङ देवता।
हगा ले संगिया, बोया ले संगिया
कदल खाँदी ले खाँदी जना दो
जुंबुर जुली ले जुली जना दो
मेड़ेद् गेले कमितन, मेड़ेद् गेले जोमतन
दिरि लेका कुड़म गेले जोमतन
दिरि लेका कुड़म तेले, पड़ंगा लेका सुपु तेले।
जेताय काले बोरोबाई, जेताय काले चिरियाई

उदुर जद् किञ को, सोलका जद् किञ को
फदा जद् किञ को, खुड़ुसु जद् किञ को
वटिजन गेया किङ, संङ जन गेया किङ

र: तन गेया किङ, इयम तन गेया किङ
गेरङ तन गेया किङ, रंबुल तन गेया किङ।
सेनो: रुड़ा जना किङ, विरिद् रुड़ा जना किङ

सिङ बोंगा राजा, दैवी कुँवारी
लेल दरोम तना किङ, चिना दारोम तना किङ।

लिपि सुसारी, कौवो भँडारी
हिजु: लेन गेया किङ, सेटेर लेन गेया किङ
र: तन गेया किङ, रुंबुल तन गेया किङ।

अलोबेन र:या, अलोबेन रुंबुल
मर ताबु कजि बेन, मन ताबु बकड़ाए बेन

इस तरह उन्हें कहा, इस तरह बताया
बारह भाई असुर, तेरह भाई देवता
क्रोधित हो गए, बिगड़ गए।
यह बात कहते हो, यह समझाते हो?
हम नहीं मानेंगे, हम नहीं सुनेंगे।
हमीं भगवान् हैं, हमीं बड़े देवता हैं
हम बहुत भाई हैं, हम बहुत बंधु हैं
हम केले की खाँदी के समान हैं
हम फलों के गुच्छे के समान हैं
हम लोहा कमाते हैं, लोहा ही खाते हैं
पत्थर की तरह छाती है, अरकठे की तरह बाँह हैं
हम किसी से नहीं डरते, किसी की परवाह नहीं करते

दोनों को ठेल दिया, दोनों को ढकेल दिया
दोनों को घसीटा, दोनों को लात मारा
वे गिर गए, वे पड़ गए
रो रहे हैं, बिलख रहे हैं
वे सिसक रहे हैं, वे कलप रहे हैं
वे लौट आए, वे घूम आए।
भगवान् राजा, देवी कुमारी
राह देख रहे हैं, प्रतीक्षा कर रहे हैं
लिपि सुसारी कौवा भंडारी
वे आ गए, वे पहुँच गए
रो रहे हैं, बिलख रहे हैं
तुम मत रोओ, तुम मत बिलखो
तुम हमें बोलो, तुम हमें बताओ।

चिकन कजिबेन औ तदा दो
मेरेकोम बंकड़ा बेन सेटेर तदा दो।

ए हो गोमके, ए हो चोमके
काको मना तिङ, काको बुझातिङ
सिपुद् तन गेया को, लेबेद् तन गेया को
गो-ए केद् लिङा को, रोंबोद् केद् लिङा को
इसु लिङ दुकुतन, इसुलिङ बलय तन।

अबेना हगा किङ, अबेना बोया किङ
जू ताबू सेनोः बेन, जू ताबू बिरिद् बेन
अबेनः ओङः ते, अबेन : दुबर ते

मेंते देरङ देवी कुँवारी बंकड़ा केद्।
सेनोः दोलिङ सेनेया, बिरिद् दोलिङ बिरिदा
ना लेका लिङ लेलोः तन, ना लेकालिङ चिनाव तन
अलिङ हगा को, अलिङ बोया को
काको मिसा लिङ, काको जमा लिङ।

अनाबेन कजितन, अनावेद बंकड़ा तन
अबेनः हगा को, अबेनः जाति को
सोवेन को नेकागे ओतो को नेकागे।
सेनोः जन गेया किङ; बिरिद् जन गेया किङ
अकिङ दिशुमरे, अकिङ गमय रे
लेबः लेद् गेया किङ; सेटेर लेद् गेया किङ
अकिङ हगा को, अकिङः गेया को
अफिङ लेका गेया को, सोबेन हगा को
अकिङ लेका गेया को जोतो बोया को।

क्या खबर लाए हो, क्या समाचार लाए हो?
हे स्वामी, हे मालिक,
वे नहीं मानते, वे नहीं समझते
वे धौंक रहे हैं, वे फूँक रहे हैं
हमें मारा, हमें पीटा
बड़ा दुःख हुआ, बड़ा कष्ट हुआ।
हे भाई, हे बंधु,
तुम लौट जाओ, तुम चले जाओ
अपने-अपने घर, अपने-अपने द्वार
भगवान् ने कहा, देवी कुमारी ने समझाया
इस तरह कहा, इस तरह समझाया।

जाने को तो जाएँगे, लौटने को तो लौटेंगे
ऐसे दीख रहे हैं, ऐसे लग रहे हैं
हमारे जाति-गोत्र, हमारे भाई-बंधु
मिलाएँगे नहीं बैठाएँगे नहीं।
बस, यही बात हैं ? बस यही कहना है ?
जाओ सभी भाई, जाओ सभी बंधु
ऐसे ही हो गए हैं, ऐसे ही बन गए हैं।
वे चले गए, वे निकल पड़े
अपने देश को, अपनी दुनिया को
वे जा पहुँचे, वे जा उतरे
उनके भाई लोग, उनके बंधु लोग
वैसे ही हुए हैं सभी भाई
वैसे ही बन गए हैं सभी बंधु

□

॥ 4 ॥

एहो सिराबियाँ, एहो सिरासंगा
फुल दुतम केना लङ; कुल दरड़ाँ केना लङ
काको मनातिङ; काको बुझातिङ

अइञ गे तलङ; सेनौ कोवा दो
अइञ गे तलङ; सेटेरौ कोवा दो।

उदुङइञ में, सेटेराइङ में तलङ
सोने केरा डुंटी, रुपे केरा टांइड़ी
चौरा भौंरा, बंडी बिसिरि
सेंगेल गमा हिता, बंडी जेटे खिति।

आलोगेम सेनेया, आलोगेम बिरिदा
संगी हगा तेकोवा, संगी बोया तेकोवा
गो–ए तम गेया को, रोंबोद् तम गेया को
कुल दुतम कोवालङ; कुल दुरड़ां कोवालङ;
फलना रे मेनःइया तुसका रे मेनःइया
सोना दिदि दी, रूपा कौवा दो।

ओदारो–बोदारो, साईस कोतवार
सेनोः जन गेया को, बिरिद जन गेया को

तेब: लेद् गेया को, सेटेरजन गेया को
कुली तन गेया को, पिचा तन गेया को
चिहो हगा किङ; चिहो घोया किङ
मेन: बेन गेया चि, बङ बेन गेया चि।

सोना दिदी, रुपा कौवा किङ कजि केदा दो
हे हो हगा को मेना: लिङ गेया दो
चेन: पे मेता लिङ, मेरे पे मेता लिङ

हे सिराबिया, हे सिरासंगा
हमने दूत भेजा, हमने संदेश पठाया
वे नहीं मानते, वे नहीं समझते
अब मैं ही जाऊँगा, अब मैं ही उठूँगा
हमारे लिए लाओ, हमारे लिए निकालो
सोना की डुंटी रूपा की टँइड़ी
चँवरा–भँवरा बंडी बिसिरी
आग का बीज, ज्वाला का बीज
तुम मत जाओ, तुम मत उठो
वे बहुत भाई हैं, वे बहुत बंधु हैं।
वे मार डालेंगे, वे कुचल डालेंगे
हम दूत भेजेंगे, हम संदेशा पठाएँगे।
अमुक जगह है, अमुक स्थान पर है
सोना का गीध, रूपा कौवा
हे ओदारो, हे बोदारो।
वे उठ गए, वे चले गए
वे जा पहुँचे, वे जा उतरे
वे पूछ रहे हैं, वे ढूँढ़ रहे हैं
हे भाई क्या तुम हो ?

हे भाई सुनते हो ?
सोना गीध, रूपा कौवा
कहने लगे, बोलने लगे—
हे भाई हम हैं, हे बंधु हम हैं
तुम क्या कहते हो, तुम क्या बोलते हो ?

बोरो तन गेया लिङ, चिरि तन गेया लिङ
कालिङ कुम्बुड़ तन, कालिङ जुंबुड़ी तन
मन ला:ई तना लिङ, जोम बोसा तना लिङ।
आलोबेन बोरोया, आलोबेन चिरिया
अबुव: गोमके, अबुव: चोमके
र: तद् बेना-ए, केड़ा तद् बेना-ए
दोलाबु सेनेया, दोलाबु बिरिदा।

सेनो: जन गेया को, सेटेर लेद् गेया को
सोना दिदि दो, रूपा कौवा दो।
कजि केद् गेयाकिङ, बंकड़ा केद् गेयाकिङ
चिहो गोमके, चिहो चोमके
चिन: होम मेता लिङ, मेरे होम बंकड़ा लिङ
बोंगा लिङम चि, पोड़ा लिङम चि।

का होइङ बोंगा बेन, का होइङ पौड़ा बेन
अबुव: दिशुमरे, अबुव: गमाय रे
मा लेकाबु दुकु तन, ना लेकाबु विपत्ति तन
एकासी पिड़ी रे, तिरासी बादी रे
बारो भाई हसुर को, तेरो भाई देवता को

सिपुद् तन गेया को, लेबेद् तन गेया को।
एलङ तन गेया दो ऐयुर तन गेया दो
उपलबा पुखुरी, तड़य वा वंदेला।
अंजेद् तन गेया दो, रोड़ तन गेया दो
सिंगी की सिपुद् रे, निदा को होकाय का
निदा को लेबेद् रे, सिंगी को होकाय का।
नेया कजि गे कजिया के बेन

हम डर रहे हैं, हमें भय हो रहा है

हम चोरी नहीं करते, हम लोभी नहीं है
हम पेट पालते हैं हम जीविका ढूँढ़ते हैं।
तुम डरो मत, तुम घबराओ मत।
हमारे मालिक ने, हमारे स्वामी ने
तुम्हें बुलाया है, तुम्हें ढूँढ़ा है
चलो हम चलें, चलो हम उठें
तब वे चल पड़े, तब वे उठ पड़े
वे जा पहुँचे, वे जा उतरे।
सोना गीध, रूपा कौवा
कहने लगे, पूछने लगे--
हे मालिक, हे स्वामी
क्या बात हैं, क्या आज्ञा है?
क्या हमें बलि दोगे, क्या हमें पूजोगे?
मैं बलि नहीं दूँगा, मैं पूजूँगा नहीं
हमारे देश में, हमारी दुनिया में
इस तरह दुःख पा रहे हैं, इस तरह कष्ट पा रहे हैं।
एकासी टाँड़ में, तेरासी मैदान में

बारह भाई असुर और तेरह भाई देवता
फूँक रहे हैं, धौंक रहे हैं
जल रहा है, धधक रहा है
कमल फूल की पोखरी कुमुद की बावली
सूख रही है, दरार पड़ रही है
यदि वे रात को फूँकें तो रात को बंद रक्खें
यही बात कह आओ, यही संदेश सुना आओ।

नेया बंकड़ा गे बंकड़ा कोवेन
मेंते देरङ–ए–कजियद् किङ दो
मेंते देरङ–ए–कुदुमद् किञ दो।

हे हो गोमके, हे हो चोमके,
सेनी: दोलिङ सेनोगा
बिरिद दोलिङ बिरिदा
अलिञ चारा–पानी
अलिञ अहार–पानी
कोरे लिङ नमेया, कोरे लिङ खोजारे।

अना बेन कजि तन, अना बेन बंकड़ा तन
एकासी पिड़ी रे, तिरासी आदी रे
होयो गे ना पी, रोगो गे व्याधि
सिमगे रूकुरी, उरि: गे मेरोम
गो–ए तन गेया को, सोया तन गेया को
गो: उड़ुङ कोवा को, कुटुङ उड़ुङ कोवा को।
लुतुर को टेपेलेरे, कटा को फदायरे
चद्लोम को गोपीलेरे, मेद् को अरिदेरे

आला बेन जोम को, आला बेन नबे को
मेंते देरङ–ए, कजियद् किङ दो
मेंते देरङ–ए, बकड़ाद् किङ दो
सेनो: जन गेया किङ, बिरिद् जन गेया किङ
अपिर जन गेया किङ, ओटड़ेन जन गेया किङ
एकासी पिड़ी रे, तिरासी बादी रे
तेव: लेद् गेया किङ, सेटेर लेद् गेया किङ
जोजो जा जम्बुलाय, उलि जा अम्बराय
एन रे किङ दुब जन, एन रे किङ जारु जन।

इस तरह उन्होंने कहा, इन तरह उन्होंने बताया
हे स्वामी, हे मालिक,
जाने को तो जाएँगे उठने को तो उठेंगे
(लेकिन) अपना चारा–पानी अपना दाना परजारु
कहाँ खोजेंगे कहाँ पाएँगे।

यही बात है ? यही सवाल है ?
एकासी टाँड़ में, तेरासी मैदान में
जो रोग है, जो व्याधि है
जो हवा में उड़ता है, जो ऊपर फैला है
मुरगी और सूअर, बैल और बकरी
सब मर रहे हैं, सब सड़ रहे हैं
लोगों ने फेंक दिया है, लोगों ने निकाल दिया है
यदि कान हिलाया, यदि पैर झटका
यदि पूँछ हिलाया, यदि आँख मटकाया
तब मत खाना, तब मत नोचना
इस तरह कहा, इस तरह बताया

तब वे चल पड़े, तब वे उठ पड़े।
वे चलते गए, वे उड़ते गए
एकासी टाँड़ में, तेरासी मैदान में
वे पहुँच गए, वे उतर गए
इमली के झुंड में, आमों के झुरमुट में
वे जा बैठे, वे जा उतरे।

लेल नम तइया किङ, चिना नम तइया किङ
कजि तन गेया किङ, बंकड़ा तन गेया किङ
हनिया हगा; हनिया बोया

अलङः गोमके, अलङः चोमके
नीगेः कजि केन, नी गेः बंकड़ा केन
सेन नम किया किङ, सेटेर नम किया किङ॥
वो मा–चेतन रे, कटामा लतर् रे
दुब् जन गेया किङ, जारु जन गेया किङ।
लुतुर किङ लेलीया, लुतुर काए टेपेले
कटा किङ लेलीया, कटा काए फदाया
कटा किङ लेलीया मेद् काए फदाया
चद् लोम किङ लेलीया चद्लोम का–ए गोपोले
मेद् किङ लेलीया, मेद् काए रपिदेया

मरलङ जोमीया, मरलङ नबीया
मेंते देरङ किङ काजि केदा दो।
जोम किः गेया किङ नबेः किः गेया किङ
जोजो जा जुंबुलय, उलि जा अंबाराय
एन रे किङ दुब जन, एन रे किङ जारुजन।

हसुर जा होन को, देवता जा गंड़ां को
लेल केद् किङ को, चिना केद् किङा को
हन किङा हगा को, हन किङा बोया को
ओको दिशुम चेंड़े किङ, दुबा कना दो
त्रिमाय रेन चिपरुद् किङ जारुवा कना दो।

अबुवः होन को, अबुवः गंड़ां को
बलेः बलेः होन को, लिंडुङ लिंडुङ गंड़ां को
मिकिङ दोकिङ जोम कोवा
निकिङ दोकिङ नबे कोवा।

वे देखने लगे, वे खोजने लगे
उन्होंने देख लिया, उन्होंने जान लिया
वे कह रहे हैं, वे बोल रहे हैं
हे भाई वह देखो, हे भाई उधर देखो।
हमारे मालिक ने, हमारे स्वामी ने
यही कहा था, इसी को बताया था
वहाँ जा पहुँचे, वहाँ जा उतरे
उनके सिर के ऊपर, उनके पैर के नीचे
वे बैठ गए, वे उतर गए
कान देखा, नहीं हिल रहा था
पैर देखा, नहीं झाड़ रहा था
पूँछ देखी, हिलती नहीं थी
आँख देखी, चलती नहीं थी
चलो अब आएँ, चलो अब नोचें
इस तरह बात की, इस तरह बोले
तब इमली के झुंड में, तब आम के झुरमुट में

वे जा बैठे, वे जा उतरे।
असुरों के बच्चों ने, देवताओं के लड़कों ने
उन्हें जान लिया, उन्हें देख लिया
भाइयों वह देखो बंधुओं उधर देखो
वे किय देश के पक्षी हैं, वे किस देश के पखेरू हैं ?
हमारे बच्चे, हमारे लड़के
छोटे-छोटे बच्चों को, कोमल-कोमल लड़कों को
वे खा जाएँगे, वे निगल जाएँगे।

दातेया हगा को, दातेया बोया को
मेड़ेद् अः सर, दुंडुं टुपी टोटे
उड़डाइञ तबु पे सेटेराइञ तबु पे
तुइञ माइञ तुइञ किङ, तेरङ माइञ तेरङ किङ।

तुइञ जद् किङ को, तेरङ जद् किङ को
काकिङ टोगोः तन, काकिङ बेजाओ तन

आलोपे गोए लिङ आलोपे रोंबोद् लिङ
मोयोद् लिङ काजि लेया, बरिया लिङ बंकड़ा लेया।
सिङ बोंगा राजा, कुल दुतम तद् लिङ
दैवी कुँवारी कुल दरड़ा तद् लिङ
सिरमाओ दुदुगार, ओतेयो कोंवासी
सिंगी पे सिपुद् रे निदा आलोपे सिपुदे
निदा पे लेवेद् रे सिंगी आलोपे लेबेदे।

अनावेन कजितन, अना बेन बंकड़ा तन
अलेगे सिङ बोंगा, अलेगे मरङ देवता

काले मनातिङ, काले बुझा तिङ
संगी हगा तेलेया, संगी बोया तेलेय
कदल खांदी तेलेया, जुंबुर जुली तेलेया
मेड़ेद् गेले कामी तन, मेड़ेद् गेले जोम तन
दिरि लेका कुड़ाम तेले, पड़ंगा लेका सुपु तेले
जेताय काले बोरो बाई, जेताय काले चिरियाई

मेंते देरङ को कजियद् किङा दो
मेंते देरङ को बंकड़ाद् किङा दो।

मराबु गो-ए किङ, मराबु रोंबोद् किङ
मराबु दल किङ, मराबु रु किङ
अना किङ कजि तन, अना किङ बंकड़ा तन

हे भाई लाओ, हे भाई निकालो
लोहे का धनुष, मोटा तुक्का
मेरे लिए ला दो, मेरे लिए निकाल दो
इन्हें हम मारेंगे, इन्हें हम बींधेंगे।

उन्होंने मारा उन्होंने बींधा
मार नहीं सके, बींध नहीं पाए
हमें मत मारो, हमें मत पीटो
हम एक बात कहने आए हैं, हम दो संदेशा लाए हैं।
भगवान् ने दूत भेजा है, देवी कुमारी ने संदेशा पठाया है
आकाश में धुआँ छा रहा है जमीन पर कुहासा छा रहा है
दिन को फूँको तो रात को बंद रक्खो
रात को फूँको तो दिन को बंद रक्खो।

बस यही बात है ? यही संदेश है ?
हमीं भगवान हैं, हमीं बड़े देवता हैं
हम नहीं मानेंगे, हम नहीं सुनेंगे
हम बहुत भाई हैं, हम बहुत बंधु हैं
हम केले की खाँदी की तरह हैं
हम फलों के गुच्छे की तरह हैं
हम लोहा कमाते हैं, लोहा ही खाते हैं।
पत्थर की छाती है, अरकठे की तरह बाँह है

हम किसी से नहीं डरते, हम किसी की परवाह नहीं करते
इस तरह कहा, इस तरह जवाब दिया।
चलो इन्हें मार डालें, चलो इन्हें कुचल डालें
हमें समझाने आए, हमें सिखाने चले।

खंडासोम तेको सब् केद् किञ दो
कोटासी तेको खोड़ास केद् किञ दो।
सोना दिदि, रूपा कौवा किङ
र: तन गेया किङ, गेरङ तन गेया किङ

इयम तन गेया किङ, रुंबुल तन गेया किङ
उदुर कुल केद किञ को, सोलका कुल केद किञ को
सेनो: जन गेया किङ, बिरिद जन गेया किङ।

सिङ बोंगा राजा, दैवी कुँवारी
लेल दारोम तना किङ, चिना दारोम तना किङ

तेबः लेद् गेया किङ; सेटेर लेद् गेया किङ
रः तन गेया किङ; रुंबुल तन गैया किङ।
आलोबेन रः या, आलोबेन रुंबुले

आलोबेन इयमे, आलोबेन गेरङे
मर तबु कजिए बेन, मर ताबु बकड़ाए बेन।

एहो गोमके, एहो चोमके
सरि गेम कजिलः, सरि गेम बंकड़ा लः
सिपुद् तन गेया को, लेबेद् तन गेया को
काको मनातिङ; काको बुझातिङ
अलेगे सिङ बोंगा, अलेगे मरङ देवता
मेंते को कजिकेद्, मेंते को बंकड़ा केद्।

सिङ बोंगा कजिकेद्, जूतबु सेनो बेन
अबेनः गोड़ः ते, अबेनः दुवर ते।

एहो गोमके, ए हो चोमके
नालेका लिङ तेलोः तन, मालेका लिङ चिनाओ तन
अलिङ हगा को, अलिङ बोया को
काको मोसालिङ; काको जमालिङ।

सँड़सी से पकड़ लिया, कुटासी से कूट दिया
सोना गीध, रूपा कौवा
रो रहे हैं, बिलख रहे हैं।
उन्हें ठेल दिया, उन्हें ढकेल दिया
वे चले गए, वे उठ गए

भगवान राजा, देवी कुमारी
रास्ता देख रहे हैं, प्रतीक्षा कर रहे हैं।

वे पहुँच गए, वे आ गए--
रोते हुए, कलपते हुए।
बोलो, क्या हुआ? बताओ क्या हुआ?
हे मालिक, हे स्वामी,
आपने ठीक ही कहा था, आपने सच ही बताया था
वे रात-दिन फूँक रहे हैं, वे रात-दिन धौंक रहे हैं।

वे मानते नहीं, वे सुनते नहीं
हमीं भगवान हैं, हमीं बड़े देवता है
यही कहते हैं, यही बोलते हैं।

भगवान् कहते हैं, भगवान् बोलते है
अब तुम लोग जाओ, अब तुम लोग उठो।
अपने घर, अपने द्वार!

हे मालिक, हे स्वामी
ऐसे दीख रहे हैं, ऐसे लग रहे हैं
हमारे भाई, हमारे बंधु
हमें नहीं रक्खेंगे, हमें नहीं मिलाएँगे।

अनबेन कजितन, अनाबेन बंकड़ा तन
अबेनः हगा को, अबेनः बोया को
सोवेन को नेकागे, जोतो को ने लेकागे।
सेनोः जन गेया किङ; बिरिद् जन गेया किङ

तेब: लेद् गेया किङ, सेटेर लेद् गेया किङ
अंकिङ ओड़: ते, अकिङ दुवर ते
सोबेन हगा को लेल केद् कोवा किङ
सोबेन बोया को चिना केद् कोवा किङ
अकिङ लेका गे किङ लेल केद् कोवा दो
अकिङ लेका गे किङ चेना केद् कोवा दो
जमा जन गेया किङ, सिसा जन गेया किङ।

बस यही बात है? बस यही कहना है?
तुम्हारे तो सब भाई, तुम्हारे तो सब बंधु
सब की यही दशा है, सबकी यही हालत है
तब वे चल पड़े, तब वे उठ पड़े
वे आ गए, वे आ पहुँचे
अपने घर, अपने द्वार।
सारे परिवार को, सारे कुटुंब को
उन्होंने देखा, उन्होंने निरखा
देखा कि वैसे ही हैं, निरखा, सब उन्हीं की तरह हैं।
वे सबके साथ मिल गए, वे सबके साथ रहने लगे।

□

॥ 5 ॥

एहो सिराबियाँ, एहो सिरा संगा
कुल दुतम केना लङ, कुल दरडां केना लङ
कागे को मना तिङ, कागे को बुझातिङ
उड्ङइङ तलङ में, सेटेराइङ तलङ में
सोने केरा डुंटी, रुपे केरा टँइड़ी
चौंरा भौंरा, बंडी बिसिरी
सेंगेल गमा हिता, बंडी जेटे खिति
अइङ गे सेनोगा, अइङ गे बिरिदा।
एहो मरङ दादा, एहो मरङ बोया
इकाइसि बुंडु, बाइसि टमांडा
दोलङ सेनोगा, दोलङ बिरिदा।
तुड़ि सुतम ते, बादी बगर ते
हदुडुन जना किङ, सोरेन जना किङ
एकाइसे बुंडु, बाइसि अमांड़ा
एन रे किङ डेरा केद्, एनरे किङ बसाकेद
लोयेङ कोरे ओड़े घघर गे बटेइ
ओते ते सेनोः निः चौंरा–बौंरा
सिरमाते बिरिद् निः बंडी बिसिरी
सब केद् कोवा किङ, रोंबोद् केद् कोबाकिङः।
सिङ बौंगा राजा बारो विदिया केद्
सेंगेल गमा हिता, बंडी जेटे खिति

अड़: केद् गेया दो, पसिर केद् गेया दो।
चेतनाते होयो, लतराते कौवांसी
जेटे लन गेया दो, बलबल तन गेया दो

हे सिराबियाँ हे सिरासंगा
हमने दूत भेजा था, हमने संदेश पठाया था
उन्होंने नहीं माना, उन्होंने नहीं समझा
मेरे लिए निकाल दो, मेरे लिए ला दो
सोने की डुंटी रूपा की टँइड़ी
चौंरा भौंरा वंडीजा विसिरी
आग बरसानेवाला बीज, ज्वाला की खेती
अब मैं ही जाऊँगा, अब मैं ही उठूँगा।
हे भाई, हे दादा,
इकीस बुंडू बाईस तमाड़
चलो हम चलें, चलो हम उठें।
तूड़ी के सूत से, वादी की रस्सी से
वे उतर गए, वे नीचे आए
इकीस बुंडू में, बाईस तमाड़ में
वे ठहरे उन्होंने डेरा किया
खेत में उतरे, खेत में डेरा डाला
धरती पर चलनेवाले चौंरा-बौंरा ने
आसमान में उड़नेवाले बंडी बिसरी ने
उन्हें पकड़ लिया, उन्हें दबोच लिया
उनका ढेर लग गया, उनकी राशि बन गई।
भगवान् ने बारह विद्या की
आग बरसानेवाला बीज, ज्वाला की खेती
ऊपर आँधी आई, नीचे धुंध छा गई।
गरमी लगने लगी, पसीना छूटने लगा

एलाया ददा, एलाया बोया
सिङ सुबाओ बनोआ, दारु सुबाओ बनोगा
ओको रेलङ सुरुना, ओकोरेलङ दनङेना।
मर लङ सेनेया, मर लङ हुजुले

एकासी पिड़ी ते, तिरासी वादी ते।
निर केद् गेया किङ, हुजुल केद् गेया किङ
सिंङ बोंगा राजा हातु तलारे
निरा जोम बमोड़य तुलसी पिड़ंगी रे
सुरुन जना दो, जपागेन जना दो
मरङ जा हगा ते हतु अतोम रे
बड़ाय कोवः पचिरि रेः सुरुन जना दो।

होयो बनेगा, नापी बनोगा
रः नपम तना किङ, नपम जन गेया किङ
कुपुलि तन गेया किङ, कुपुदुम तन गेया किङ
अमदा दादा अकोरेम सुरु केन
अमदा दादा चिमय रेम दनङः केन।
बड़ाय कोबः पचिरि रेइञ सुरु केना दो
अइञ दा दादा सुरु केना दो
निरा जोलो बमाड़ेयः तुलसी पिड़िंगी रे।

हेलाया ददा नालेकाम लेलोः तन
काहो ददाइङ जमा गेया दो
हेया बाबू चिगेम चिकाइञा
हेया दादा सोबेन तेइञ मरङमा
हेया दादा सोबेन तेइङ पुरः ना

गोंगोर इदि-ज:इया-ए, सुतु: इदि ज:इया-ए।
हुड़िङ गे जाते मरङ गे जाते

हे दादा, हे भाई,
पेड़ का भी सहारा नहीं है, वृक्ष की भी छाँह नहीं है
हम कहाँ छिपेंगे, हम कहाँ बचेंगे ?
चलो हम भागें, चलो हम दौड़ें
एकासी मैदान में, तेरासी मैदान में
वे दोनों दौड़ चले, वे दोनों भाग चले
भगवान् राजा, गाँव में जाकर
निराजल ब्राह्मण के तुलसी के चौरा के नीचे
बच गए, छिप गए।
बड़ा भाई गाँव के बाहर,
लोहार की दीवार के पास बचा
आँधी बंद हुई, पानी रुक गया
वे आपस में पुकारने लगे, एक-दूसरे को बुलाने लगे।
वे एक जगह मिले, वे एक जगह जुटे
वे पूछ रहे हैं, वे जाँच रहे हैं
हे दादा, तुम कहाँ छिपे थे ?
हे भाई, तुम कहाँ बचे थे ?
मैं लोहार की दीवार से बचा था
मैं निराजल ब्राह्मण के तुलसी के चौरा में बचा था
हे भाई, तुम ऐसे किस प्रकार हो गए
अब हम तुमको नहीं मिलाएँगे
हे भाई, (तो अब) हम क्या क्या करेंगे ?
हे दादा, हम सब तरह से (तुमको) बड़ा मानेंगे
हर तरह की चीज पूरा करेंगे।

(भगवान्) पकड़कर (बड़े भाई को) ले चल रहे हैं।
छोटे जाते में बड़े जाते में (पहुँचते हैं)

नेरे चिया बाबू मेरे चिम दोइञा?
नेरेप्रो कागे, एन रेयो कागे।

सेनोः जन गेया किङ; बिरिद जन गेया किङ
तेबः लेद् गेया किङ; सेटेर लेद् गेया किङ

नेरे चिया–बाबू नेरे चिम दोइञा
नेरेयो कागे, ए नेरेयो कागे।

मरलङ सेनेया, मरलङ बिरिदा
सेनोजन मेयाकिङ; बिरिद जन गेया किङ

हुड़िङ गे दुरङ दः, मरङ गे दुरङ दः
हुड़िङ गे राँची बुरु, मरङ गे राँची बुरु

तेबाः लेद् गेया किङ; सेटेर लेद् गेया किङ
नेरे चिया बाबू नेरे चिम दोइञा।

हेया ददा, हेया भइया
नेरे गेइङ दोमा, नेरे गेइङ थकिद्मा।

पूर्वों लेलेमे, पछिमो लेलेमे
उतरी लेलेमे, दखिनो लेलेम
सोबेन तेइञ मरङ मा

सोबेन तेइञ पुरः मा।
हेंदे निः को ओमामा—हेंदे निः औवी में

अरः मिः को ओमामा, अरः निः औवी में
कबरा निः को ओमामा, कबरा निः औवी में
अइञ तलङ ओमाइञ में पुंडी ते पुंडी सिम
अइञ तलङ चेदइञ में पुंडी ते पुंडी मेरोम।

हे भाई क्या यहीं रक्खोगे?
यहाँ नहीं, यहाँ नहीं।
वे चलते गए, वे बढ़ते गए
वे पहुँच गए, वे जा पहुँचे
हे भाई, क्या यहाँ? क्या यहाँ?
यहाँ भी नहीं, यहाँ भी नहीं
चले आगे चलें, चलो आगे बढ़ें
छोटे डुरंडा में, बड़े डुरंडा में
वे चले गए, वे पहुँच गए
राँची का छोटा पहाड़, राँची का बड़ा पहाड़
वे जा पहुँचे, वे जा उतरे
हे बाबू, क्या यहाँ रक्खोगे?

हे दादा यहीं रक्खेंगे, हे दादा यहीं छोड़ेंगे
पूरब भी देखो, पश्चिम भी देखो
उत्तर भी देखो, दक्खिन भी देखो
तुम्हारा हम सत्कार करेंगे
सब कुछ पूरा करेंगे।

यदि काला जीव (लोग) दें तो उसे ले लो
लाल जीव को दें तो उसे ले लो
कबरा को दें तो कबरा को ले लो।

सफेद मुरगा मुझे दे दो।
सफेद बकरा मुझे दे दो।

मरङजा बौते राँची बुरु रे

बगि तुकाइया राड़ा तुकाइया
सिङ बोंगा राजा बारो बिदियान जन
सिङ बोंगा तेरो धयमननेन जन।

एकासी पिड़ी ते तिरासी बादी ते
सेनोः जन गेयाए बिरिद जन गेयाए
एकासी पिड़ी रे तिरासी बादी रे
सिङ बोंगा राजा कसरा हिता हेर केद
एकासी पिड़ी रे तिरासी बादी रे
सियुः तन कोड़ा दो, चलुः तन कोड़ा दो
सर जन गेया दो, तोरो जन गेया दो।
रोको गे, फुदकी गे, तिजुगे उरुगे
जोम ज-इ गेया को, हुवः जे-ए गेया को
सोबन तन गेया दो, सिंड़ि तन गेया दो।

चिहो सियुः धंगड़ा, चिहो चलुः धंगड़ा
चि होम चिका तन, मेरे होम रिका तन
चेनः होकङ, मोतामा चेनः होइङ उदुबामा
इसु होइङ दुकु तन, इसु होइङ वलय तन
निदा होइङ रः तन सिंगी होइङ रुंबुल तन
निदा सिंगी हो जो काइङ नमे तन।

अम हले कसरा तन कोड़ा, अम हले तीरो तन कोड़ा
आलोम तलङ उदुवेइङ आलोम तलङ चुंडुलेइञ
अइञ तलङ बुगिमा, अइञ तलङ सुकुमे।
का होइङ उदुवमो का होइञ चंबुलमे
बुगी काजि तलङ बुगि तइङ में
सुकु कजि तलङ सुकु तलङ में।

उसने बड़े भाई को राँची पहाड़ पर छोड़ दिया।
भगवान् राजा ने बारह विद्या शुरू किया
(और वहाँ से) गायब हो गया।
एकासी टाँड़ में, तेरासी मैदान में
चला गया, पहुँच गया
एकासी टाँड़ में, तेरासी मैदान में
भगवान् राजा ने खुजली का बीज बो दिया
एकासी टाँड़ में, तेरासी मैदान में
जोतनेवाले आदमी को, कोड़नेवाले आदमी को
खुजली हो गई, घाव भर गया
मक्खी-फुदकी कीड़े-मकोड़े
उसे काटने लगे, उसे खाने लगे।
दुर्गंध निकल रही है, बदबू फैल रही हैं
हे जोतने वाले आदमी, हे कोड़नेवाले जवान
तुम्हें क्या हो गया है? तुम कैसे हो गए हो?
तुम्हें मैं क्या बताऊँ? तुमसे मैं क्या कहूँ?
मैं बड़े दुःख में हूँ, मैं बड़ी विपत्ति में हूँ।
मैं बड़े कष्ट में हूँ, मैं बड़ी तकलीफ में हूँ।
मैं रात में रोता हूँ, मैं दिन में कराहता हूँ
मुझे रात-दिन चैन नहीं है।

हे खुजलीवाले आदमी, हे फुंसीवाले आदमी
तुम किसी को मत बताओ, तुम किसी को मत जनाओ
मैं तुम्हें अच्छा कर दूँगा।
नहीं, मैं नहीं बताऊँगा नहीं, मैं नहीं जनाऊँगा।
मुझे अच्छा कर दो, मुझे ठीक कर दो

कसरा हित रड़ा जन, तोरो हिता बुसड़ा जन
अ–ए गे तुसिङ केद् अ–ए गे जतरा केद्
सिंङ बोंगा राजा सेनोः जन् गेया दो

हातु तला होराते—दिशुम तला डारे ते
सेनोः जन गेयाए, बिरिद जन गेया–ए
तरा तीरे सेरेद् पाटी, तरा तीरे हुड़ि पताड़ा।

लुटुकुम हड़म लुटुकुम बुढ़िय
इनकिङ ओड़ः रे इनकिङः दुवर रे
हिजुः लेन गेयाए तेबः लेन गेयाए।
कुलि जद् किडाए, पिछा जद् किडाए
चिहो चियङ किङ, चिहो ततङ किङ
मेनः बेनाचि बङ बेन गेया हो।

ओकोए जियाडेया ओकोए ततडेया
होनो होपोनो बङ को गेया दो।
हड़म गे बुढ़िय गे अलिङ गे तैन तन।
मरना बुढ़िया गे ओकोए तनिः दो
मरनो बुढ़िया चिमय तनिः दो
लेल ली में तलङ दो चिना ली में तलङ दो

मेंते हड़म ताकिङ कजि केद् गेया दो
बुड़िया तकिङ दो लेल किः गेया दो
मनोवा होन लेकाए लेलोः तना दो
होड़ो होन लेकाए चिनाओ तना दो।
एहो जियङ किङ, एहो ततङ किङ
दासी बेन दोइञ चि, धंगड़ा बेन जोगवइञ
बारो बिचा तेबेन रे, टोनङ कुइला तेबेन रे

उसका पैर पकड़कर कमर को खींच दिया
उसकी खुजली खिंच गई, उसके घाव निकल गए।
तब भगवान् राजा ने उसी को पहन लिया
तब भगवान् राजा ने उसी को ढँक लिया
वे चल पड़े, वे निकल पड़े।
गाँव की राह पर, देश की डगर पर
वे चले गए, वे पहुँच गए।
एक हाथ में फटी चटाई, एक हाथ में सिंदुरवार का गुच्छा
वे आ गए, वे पहुँच गए
बूढ़े के घर, बूढ़ी के घर।
वे पूछ रहे हैं, वे खोज रहे हैं।
हे आजा, हे आजी,
तुम लोग हो या तुम लोग नहीं हो
कौन आजा बोलता है, कौन आजी कहता है?
हम लोगों का (तो) कोई बाल-बच्चा नहीं है।
देख बुढ़िया, कौन है?
इस तरह बूढ़ा कह रहा है।
तब बुढ़िया ने उसे देखा—
वह आदमी की तरह दिखाई दे रहा है।

हे आजा, हे आजी,
तुम लोग नौकर रक्खोगे ? तुम लोग घागर बनाओगे।
जब लोहा का पत्थर फोड़ने जाओगे, कोयला बेचने जाओगे।

अबेनः पाटि बाबा, अबेनः सुड़ुता कोदे
सिमगे, सुकुरी गे, मेरोम गे उरिः गे

जोमे गेया को, नाबे गेया को
होरो तड़ायाइञ, जांगी तड़ायाइञ
हेया हड़म, दासी लङ नम तन

हे हड़म, दंगड़ा लङ खोजर तन
नी गेलङ दो किया, नी गेलङ जोगव किया
मेंते देरङ किङ कपाजि तना दो
मेंते देरङ किङ, वपकांड़ा दो

कसरा काड़ा दो तारो कोड़ा दो
दासी किङ दोकिः, धंगड़ा किङ जोगवकिः
एहो जियङ किङ, एहो ततङ किङ
बारो विचा तेबेन रे, टोनं कुइला तेबेनरे
पाटि बबा दोइङ होरो तड़ाया
सुड़ुता कोदे दोइङ जांगी तड़ाया

मेंते देरङ कसरा कोड़ा दो
मेंते देरङ तोरो कोड़ा दो
काजि केदा दो, बंकड़ा केदा दो
ऐयुव जन गेया दो, नुबः जन गेया दो

जोम तन गेया को, नू तून गेया को
गितिः जन गेया को, दुड़ुम जन गेया को
अङ जन गेया दो, तुर नम जन गेया दो
तसी तुकइ तना किङ, पसिर तुकइ तना किङ
पाटि जा बबा दो सड़ुता जा कोदे दो।

एहो जियङ किङ, ए हो ततङ किङ
मियदिङ कजिलेया, बरियाइञ बंकडा लेया

तब चटाई का धान और पत्थर का मड़वा
मुरगी और सूअर खाएँगे, बैल–बकरी खाएँगे।

मैं देखता रहूँगा, मैं रखवाली करूँगा।
हे बूढ़ा हम नौकर तो खोज रहे थे
इसी को रख लें, इसी को बना लें।

इस तरह बात कर रहे हैं
इस तरह चर्चा कर रहे हैं।

उन्होंने खुजलीवाले आदमी को नौकर रख लिया
उन्होंने फुंसीवाले छोकरे को चाकर बना लिया।

हे आजा, हे आजी,
लोहा का पत्थर कोड़ने जाओगे, कोयला खोदने जाओगे

चटाई के धान की रखवाली करूँगा, पथार का मड़ुवा जुगा रहूँगा
इस तरह खसरा ने कहा, इस तरह खसरा ने बताया।

रात हो गई, अँधेरा हो गया
लोग खा रहे हैं, लोग पी रहे हैं।

लोग सो गए, लोग लेट गए
सवेरा हुआ, बिहान हुआ।

धान सुखा रहे हैं, मड़ुवा फैला रहे हैं—
चटाई पर धान, पथार पर मड़ुवा।

हे आजा, हे आजी,
मैं एक बात कहना चाहता हूँ, मैं दो बात कहना चाहता हूँ

मेंते-ए कजि तन, कसरा कोड़ा दो
मेंते-ए बंकड़ा तन, तोरो कोड़ा दो

मरा कजिलेम, मरा बंकड़ा लेम
मेंते देरङ किङ; कजियाई तना दो
मेंते देरङ किङ; उदुवाई तना दो
कजि केद् गेगाए, बंकड़ों केद् गेयाए

सिम जरोम गुली गे, लुपुः लद्कति गे
उड़ुडइञ तबुबेन, सेटेराइञ तबुबेन
उड़ुडई गेया किङ; सेटेराइ गेया किङ
लुटुकुम हड़म किङ; लुटुकुम बुड़िया किङ
बारो बिचा तना किङ; टोनङ कुइलातना किङ
कनरा कोड़ा दो, तोरो कोड़ा दो

सिम जरोम गुली दो, लुपुः लद्कति दो
इदि केद् गेया दो, सब केद् गेया दो

सेनोः जन गेया दो, बिरिद जन गेया दो
हसुर जा होन को, हसुर जा गंड़ां को
इन तन तः ते, खेलाड़ी तन तः ते
हसुर जा होने को इनुड़ तन गोया को
हसुर जा गड़ां को खलाड़ी तन गेया को
कसरा कोड़ा दो, तोरो कोड़ा दो
तेबः लेद् गेया दो, सेटेर लेद् गेया दो
हसुर जा होन को कजितन गेया दो

हसुर जा गंड़ां को बंकड़ा तन गेया दो
अमदा अमगे, अलेदा अलेगे
बेः गेबु बितारेया, वेः गेबु चेतानेया
मरबु बंगवना मेंते को कपाजितन

खसरा लड़का कह रहा है, तोरो लड़का बोल रहा है।
बोलो क्या कहते हो ? बोलो क्या बोलते हो ?

दोनों कह रहे हैं, दोनों पूछ रहे हैं।
उसने कहा, उसने बताया—

मुरगी के अंडे की गोली, धान के कोंढा की कांती।
मेरे लिए दे दो, मेरे लिए निकाल दो।

उन्होंने दे दिया, उन्होंने निकाल दिया
लुटुकुम बूढ़ा, लुटुकुम बुढ़िया

पत्थर कोड़ रहे हैं, कोयला खोद रहे हैं।
खसरा लड़का, तोरो लड़का

अंडे की गोली, कोंढा की कांती
लेकर चला गया, लेकर निकल गया

असुरों के बच्चे, देवताओं के लड़के
जहाँ पर खेलते हैं, जहाँ पर कूदते हैं

असुर बच्चे खेल रहे हैं, देवताओं के लड़के कूद रहे हैं।
खसरा लड़का जा पहुँचा, तोरो लड़का जा उतरा।

असुर बच्चे कहने लगे, असुर बच्चे बोलने लगे।
तुम एक ओर रहोगे, हम एक ओर रहेंगे।

बोलो तुम नीचे रहोगे, बोलो या ऊपर रहोगे?
बोलो कौन पहले रोपेना, बोलो कौन आगे रक्खेगा?

बेः गे तलरजन, कसरा कोड़ा लतर जन
हसुर जा होन को, हसुर जा गंड़ां को
लंदा तन गेया को, रसिका तन गेया को
मरा कसरा कोड़ा, मरा तोरो कोड़ा
ओड़ावेमे सिम जरोम गुलो तमः दो
रोपावेमे लुपुः लद् काति तमः दो

ओड़ाव केद् गेयाए, रोपाव केद् गेयाए
हसुर जा होन को, हसुर जा गंड़ां को
गुली केद् गेया को, काति केद् गेया को
मेड़ेद् गुली दो, मेड़ेद् काति दो

काको टोः केद्, काको भेजा केद्
मरा तबु हगा को, मरा ताबु बोया को
अपेताबु पाड़ी रोपाब लेपे, ओड़ाव लेपे
अइञ मिसाताबु गुली लेया, कति लेया
कसरा कोड़ा दो, तोरो कोड़ा दो
कजियद् कोवा दो बकड़ांद् कोवा दो
सिम जरोम गुली दो, लुपुः लद् काति दो
गुली केद् गेयाए, काति केद् गेयाए
टोः जन गेया दो, भेजा जन गेया दो
मेड़ेद् रः गुली दो मेड़ेद् रः काति दो
रपुद् जन गेया दो, रोचोद् जन गेया दो
हसुर जा होन को, हसुर जा गंड़ां को
रः तन गेया को नियम तन गेया को
आलोपे रःया, आलोपे नियमे
लुटुकुम हड़म किङ; लुटुकुम बुढ़िया किङ
कसरा कोड़ा दो, तोरो कोड़ा दो

थूक नीचे पड़ गया, खसरा नीचे पड़ गया
असुरों के बच्चे, असुरों के लड़के
खुश हो रहे हैं, आनंद मना रहे हैं

हे खसरा, हे तोरो,
अपनी गोली रोषी, अपनी कांती रक्खो।
उसने रोप दिया, उसने रख दिया।

असुरों के बच्चों ने, असुरों के लड़कों ने
गोली चलाई, कांती मारी—
लोहे की गोली, लोहे की कांती
गोली नहीं लगी, निशाना नहीं बैठा

हे भाई, हे बंधु,
अब तुम लोग रक्खो, अब तुम लोग रोपो।
अब मैं गोली मारूँगा, अब मैं कांती चलाऊँगा।

उसने मुरगी के अंडे की गोली, उसने कोंढा की कांती
उसने गोली मारी, उसने कांती चलाई।
गोली लग गई, कांती जा बैठी।

लोहे की गोली, लोहे की कांती
गोली फूट गई, कांती टूट गई।
असुरों के लड़के, असुरों के बच्चे
वे रो रहे हैं वे, कलप रहे हैं।

तुम लोग मत रोओ, तुम लोग मत कलपो
लुटकुम बूढ़े ने लुटकुम बुढ़िया से
खसरा लड़के को, तोरो लड़के को

दासी किङदोवा कइ, धंगड़ा किङजोगपाकइ
इनुङ तन गेयाए, खेलाड़ी तन गेयाए

पाटि जा बबा दो, सुड़ता जा कोदे दो
सिम गेको जोम केद्, सुकुरीं गेकोनवेकेद्

लुटुकुम हड़मकिङ, लुटुकुम बुड़ियाकिङ
बारो बिचा तेकिङ टोनङ कुइला तेकिङ

हिजुः रूड़ा तन रे, सेटेर रूड़ा तन रे
सेन दरोम किङबु, सेटेर दारोम किङबु

दासी कोड़ा तबेन दो, धंगड़ां कोड़ा तबेन दो
अलेलोए इनुङ जन, अलेलोए खेलाड़ी जन

पाटि बबा तबेन दो, सुड़ुता कोदे तबेन दो
सिम गे जोम केद, सुकुरी गे नबे केद्

मेंते देरङ को कजियद् किङ दो
लुटुकुम हड़म दो कजिकेद् गेया दो
चीना बुड़िया चीलं चिकाया ?

अमगे कजिकेद्, अमगे बंकड़ा केद्
कसरा कोड़ा गे, तीरो कोड़ा गे
दासी लङ दोइया, घगड़ा लङ जोगबइया
मेंते कजिकेद् मेंतेम बंकड़ा केद्

पाटि बबा तलङ दो सुड़ुता कोदे तलङ दो
सिमगे जोम केद्, सुकुरी गे नबे केद्
चेनः लङ मंडीया, मेरेलङ इसिनेया

लुटुकुम बुड़िया मेनकेद् गेया दो
आलोम एरडीङ, आलोम सेगेदिङ
मेद तेलङ लेलले, मद् तेलङ चिना ले।

नौकर रक्खा है, चाकर बनाया है

हमारे साथ खेल रहा है, हमारे साथ कूद रहा है
(उधर) चटाई का धान, पथार का मड़ुवा
मुरगी खा गई, सूअर खा गई।
लुटुकुम बूढ़ा लुटुकुम बुढ़िया
लोहा कोड़ने गए हैं, कोयला खोदने गए हैं।
जब वे लौटेंगे, जब वे फिरेंगे
हम उनसे मिलेंगे, हम उनसे भेंटेंगे—
तुम्हारा नौकर, तुम्हारा चाकर
हमारे साथ खेलता रहा, हमारे साथ कूदता रहा
चटाई का सब धान, पथार का सब मड़ुवा
मुरगी खा गई, सूअर चाट गई।
इस तरह उन्होंने दोनों को बताया।
इस तरह उन्होंने दोनों को सुनाया।
तब बूढ़ा बोला, तब बूढ़े ने कहा—
अब हम लोग क्या करें, अब हम क्या करें?
तुम्हीं बोली थी, तुम्हीं ने कहा था
खसरा लड़के, को तोरो लड़के को
हम नौकर रख लें, हम चाकर बना लें।
चटाई का धान, पथार का मड़ुवा
मुरगी खा गई, सूअर चाट गई
अब हम क्या पकावें, अब हम क्या सिझावें?
बुढ़िया ने जबाब दिया, बुढ़िया ने उत्तर दिया

गाली मत दो, गलौज मत करो
स्वयं हम देख लें, स्वयं हम जाँच लें

सरि गेको जोम केद् चि कागेको जोम केद्
सरि गेका नबेकेद् चि कागे नबेकेद्
मेंते देरङ होए कजियाइ तना दो

लुटुकुम हड़म किङ, लुटुकुम बुढ़िया किङ
हिजु: तन गेया किङ सेटेर तन गेया किङ
ओड़: तकिङ रे रोसोम तकिङरे
हिजु: लेन गेया किङ, सेटेर लेन गेया किङ

कसरा कोड़ा दो, तोरो कोड़ा दो
लेल दरोम तना दो, चिना दरोम तना दो

लुटुकुम हड़म किङ, लुटुकुम बुढ़िया किङ
कजिकेद् गेया किङ, बंकड़ा केद् गेयाकिङ
अतेया जाइङ ताबु पाटि बबा दो
अतेया जाइङ ताबु मुड़ता कोदे दो
सिम को जोम केद् सुकुरी को नबेकेद्
चेन: कोम कमि केन, चेन: कोम रिका केन
चेन: बु मंडीया, चेन: बु इसिनेया

कसरा कोड़ा दो कजिकेद् गेया दो
तोरो कोड़ो दो बंकड़ा केद् गेया दो
अयेना जियङ किङ अबेना तातङकिङ
आलोबेन एरओञ आलोबेन सेगेदीञ

सरिगेको जोम केद् सरिगेको नबेकेद्
मेदते लेल लेबेन, अबेन ते चिना लेबेन
लुटुकुम हड़म किङ; लुटुकुम बुढ़ियाकिङ
लेल बड़ा तनाकिङ; चिना बड़ा तनाकिङ
पाटि किङ लेलेया पाटिओ पेरेया कन
सेल किङ लेलेया सेल–ओ पेरेया कन

खाया है या नहीं खाया, चाटा है या नहीं चाटा?
बुढ़िया ने इस तरह कहा, बुढ़िया इस तरह बोली
तब लुटुकुम बूढ़ा, तब लुटुकुम बुढ़िया
आ रहे हैं, पहुँच रहे हैं।
अपने घर, अपने द्वार
वे आ गए, वे पहुँच गए।
खसरा लड़का, तोरो लड़का
उनकी राह देख रहा है, उनकी प्रतीक्षा कर रहा है।

लुटुकुम बूढ़े ने, लुटुकुम बुढ़िया ने
दोनों ने पूछा, दोनों ने कहा—

हे नाती, चटाई का धान, हे नाती, पथार का मड़ुवा
मुरगी खा गई, सूअर खा गई।

तुमने क्या देखा, तुमने क्या रखाया
अब हम क्या पकावें? अब हम क्या सिझावें?

खसरा लड़के ने कहा, तोरो ने जवाब दिया—
हे आजा, हे आजी

गाली मत दो, गलौज मत करो
सचमुच खाया या नहीं खाया
स्वयं तुम देख लो, स्वयं तुम जाँच लो।
लुटुकुम बूढ़ा, लुटुकुम बुढ़िया
देख रहे हैं, जाँच रहे हैं
चटाई देखी, चटाई भरी थी
ओखल को देखा, ओखल भरी थी

चटु किङ लेलेया चटुओ पेरेया कन
डाटोम किङ लेलेया डाटोमो पेरेया कन
अतेया कसरा अतेया तोरो
कुंबुडुकेन गेया चिम जुंबुड़ी केन गेया चिम
नमिनं बबा दो नमिनं कोदे दो
कोत:आतेम अन लेद्, चिमयातेम जमा लेद्
कसरा कोड़ा मेन केद्, तोरो कोड़ा बंकड़ा केद्
कागेइञ कुंबुड़ू केन, कागेइञ जुंबुड़ी केन
निमिनङ दुकुरे, निमिनङ विपत्ति रे
चिलकाइञ कुंबुडु चिलकाइञ जुंबुड़ी
सिरमारेन सिङबोंगा ओमाबु तना दो
ओतेरेन मरङदेवता चेदाबु तना दो
अबु असुल मेंते, अबु जोतोन नंगेनते।

घड़ा देखा, घड़ा भरा था
टोकरी देखी, टोकरी भरी थी।
हे नाती, हे खसरा,
क्या कहीं से चुराया, क्या कहीं से लूटा
इतना-इतना धान, इतना-इतना मडुवा

तुमने कहाँ से बटोरा, तुमने कहाँ से जमा किया?
खसरा ने कहा, तोरो ने बताया—
हमने चोरी नहीं की, हमने डकैती नहीं की
इतने दुःख में हूँ, इतने कष्ट में हूँ
चोरी कैसे करता, डकैती कैसे करता?
आकाश के देवता दे रहे हैं
धरती के देवता दे रहे हैं—
हमारे पालन के लिए, हमारे पोषण के लिए।

□

॥ 6 ॥

कसरा कोड़ा दो तोरो कोड़ा दो
बारो बिदिया केदा दो तेरा छयना केदा दो
मोद मा सिंगी बरमा निदा
बारो भाई असुर को, तेरो भाई देवता को
सिपुद् केद् गेया को, लेबेद् केद् गेया को
मेड़ेद् ताको बनोगा, लोहा ताको बनोगा
रः तन गेया को, नियम तन गेया को।

गड़ा परोम देवड़ा, नाई परोम सोखा
धउली जङ को इदि केद्, कुदी जङ को सेटेर केद्
सला केद् गेया-ए, पिति केद् गेया-ए
गेल बर कुठी, हिसी बर नारी
सिम दाड़ें जना दो, सुकुरी दांड़ें जना दो।
हिजुः लेन गेया को, सेटेर लेन गेया को

चि हो हगा को, चि हो बोया को
चिलका-ए सला केद् मेरे का-ए बंकड़ा केद्
मेंते देरङ को कुपुली तना दो
मेंते देरङ को कपाजी तना दो।

कागे हगा को, कागे बोया को
सिम दौड़े जन गे, सुकुरी दौड़े जन गे
सिमबु बोंगाइया, सुकुरीबु चोंगाइया
बोंगा कि: गेया को, चोंगा कि: गेया को
गेल कर कुठी सिपुद् केद् गेया को
हिसी वर नारी लेबेद् केद् गेया को
मेड़ेद् जद् गेया को, लोहा जद् गेया को

खसरा लड़के ने, तोरो लड़के ने
बारह विद्या की, तेरह लीला की

दिन भर और रात भर
बारह भाई असुर, तेरह भाई देवता
फूँकते थे, धौंकते थे
लोहा नहीं बनता था, पत्थर नहीं गलता था
वे रो रहे थे, वे कलप रहे थे।
नदी पार के देवड़ा नाला पार के सोखा (के पास)
चावल ले गए, अक्षत ले गए
देवड़ा ने खोजा, सोखा ने पता लगाया
बारह कोठी (में) बाईस भट्ठी (में)
मुरगी की बलि दो, सूअर का बलिदान चढ़ाओ।
वे लौट आए, वे वापस आए।
क्या भाई, क्या बंधु,
देवड़ा ने क्या बताया सोखा, ने क्या पाया?
इस तरह पूछ रहे हैं, इस तरह बात कर रहे हैं।
नहीं भाइयो, नहीं बंधुओ,

मुरगी बलि देनी है, सूअर बलि चढ़ानी है
हम मुरगी बलि देंगे, हम सूअर बलि चढ़ाएँगे
उन्होंने बलि दी, उन्होंने बलि चढ़ाई।
बारह कोठी उन्होंने फूँकी बाईस भट्ठी उन्होंने धौंकी
लोहा बनाने लगे, लोहा गलाने लगे

लंदा तन गेया को, रासिका तन गेया को।
कसरा कोड़ा दो, तोरो कोड़ा दो
बारो विदिया केदा दो, तेरो छयना केदा दो

बरसिंग निदा, अपिमा सिंगी
सिपुद तन गेया को, लेबेद् तन गेया को
का ताको मेड़ेद् तन का ताको लोहा तन
र: तन गेया को, इयम तन गेया को।
चउली जडब्ु इदिया, कुदि जडब्ु सेटेरेया
मेंते को कपाजी तन, मेंते को बंकड़ा तन
गड़ा परोम देवड़ा, नाई परोम सोखा
इदि केद् गेया को, सेटेर केद् गेया को

सला तन गेया-ए, पिति तन गेया-ए।
गेल बर कुठी, हिसो बर नारी
सिमपे बोंगा कि:, सुकुरी पे पौड़ा कि:
का तपे मेड़ेद् जन, का तपे लोहा जन
हौड़ो दांड़े जना दो, मनोवा दांड़े जना दो
हौड़ो गे बोंगइपे, मनोवा गे पौड़ाइपे।

हिजुः लेन गेया को, नचुर लेन गेया को
चि हो हगा को, चि हो बोया को
चिल का-ए सला केद् मेरे का-ए पिति केद्
मेंते को कुपाली तन, मेंते को कपाजि तन।
कागे हगा को, कागे बोया को
सिमबु बोंगा किः, कागे मेड़ेद् जन
सुकुरीबु बोंगा किः, कागे लोहा जन
गेल बर कुठी, हिसी बर नारी
होड़ो दांड़े जना दो, मनोवा दांड़े जना दो।

वे हँस रहे हैं, वे आनंद मना रहे हैं।
खसरा लड़के ने, तोरो लड़के ने
बारह विद्या की, तेरह लीला की
वे दो रात तक, वे तीन दिन तक
वे धौंकते रहे, वे फूँकते रहे
लाहा नहीं बनता, पत्थर नहीं गलता,
वे रो रहे हैं, वे कलप रहे हैं।
चावल ले जाने के लिए, अक्षत रखने के लिए
वे बात कर रहे हैं, वे विचार कर रहे हैं।
नदी पार देवड़ा के पास, नाला के पार सोखा के पास
वे ले गए, वे जा पहुँचे।

देवड़ा खोज रहा है, सोखा जाँच रहा है
बारह कोठी में, बाईस भट्ठी में
मुरगी की बलि की, सूअर की बलि बुढ़ाई
(तब भी) लोहा नहीं बना, लोहा नहीं निकला

(अब) आदमी की बलि देनी होगी, मनुष्य को पूजना होगा।
तुम लोग आदमी को पूजो, मनुष्य की बलि बढ़ाओ।
वे लोग वापस आए, वे लोग लौट आए।
हे भाइयो, हे बंधुओ,
देवड़ा ने, सोखा ने
क्या कहा, क्या बताया?
नहीं, भाइयो, नहीं बंधुओ,
मुरगी पूजने से, सूअर बलि देने से
लोहा नहीं बनेगा, लोहा नहीं गलेगा।
बारह कोठी में, बाईस भट्ठी में
आदमी की पूजा करनी होगी, मनुष्य की बलि देनी होगी

होड़ोबु बोंगाइया मनोवाबु पौड़ाइया
तोबे एनङ मेड़ेदो, तोबे एनङ लोहाओ
संगी हगा तेबुआ, संगी बोया तेबुआ
तरा पड़ः ककारू समाड़ोम बु जमाया
तरा पड़ः ककारू समाड़ोम को जमाकेद्।

हतु मा हतु, टोला मा टोला
सेनोः जन गेया को, सेटेर जन गेया को
दड़ां तन गेया को, खोजर तन गेया को।

लेलनम तइया को, चिना नम तइया को
लुतुर ओ बैरा, कटामो लँगड़ा
मेद्-ओ जाला, ती-ओ टुंटा
हेटोन तन गेया दो जिकीन तन गेया दो।

अपेया हगा को, अपेया बोया को
नी दोको ओमाबु, नी दोको चेदाबु
मेंते को कपाजि तन, मेंते को कुपुली तन।
सेन जन गेया को, होगेरेन जन गेया को
असी तन गेया को, मँगनी तन गेया को।

अपेया हगा को, अपेया बोया को
नेलेका-ए दुकु तन, नेलेका-ए बिपत्ति तन
ने होन ओमा लेपे, ने गड़ां चेदा लेपे
मेंते देरङ को असी तन गेया दो
मेंते देरङ को मँगनी तन गेया दो।

होन एंमाते होनः अपुते
कुली तन गेया किङ, कुदुम तन गेया किङ
हेला हो हगा को, हेला हो बोया को
ओम पोले ओमा पे, चेदू दोले चेदा पे

हम आदमी पूजें, हम मनुष्य की बलि दें।
तभी लोहा बनेगा, तभी लोहा गलेगा
हम बहुत भाई हैं, हम बहुत बंधु हैं।
आधा कोंहड़े के बराबर सोना इकट्ठा करें
उन्होंने इकट्ठा किया, उन्होंने जमा किया
गाँव-गाँव और टोला-टोला
वे जाने लगे, वे पहुँचने लगे
वे खोज रहे हैं, वे ढूँढ़ रहे हैं
उन्होंने खोज लिया, उन्होंने पा लिया

कान का बहरा, आँख का अंधा
पैर का लँगड़ा, हाथ का लूला
वह खिसककर चलता था
वह सरककर चलता था
हे भाई, हे बंधु
इसे तो दे ही देंगे, इसे तो बेच ही देंगे
इस तरह बात कर रहे हैं, इस तरह चर्चा कर रहे हैं।
वे पास चले गए, वे निकट पहुँच गए
उसे माँग रहे है, उसकी याचना कर रहे हैं।
हे भाइयो, हे बंधुओ,
(यह) इतना दुःख पा रहा है, इतना कष्ट पा रहा है
इस लड़के को, इस बच्चे को
हमें दे दो, हमें सौंप दो।
इस तरह माँग रहे हैं, इस तरह याचना कर रहे हैं।
बच्चे की माँ, बच्चे का बाप
पूछ रहे हैं, जाँच रहे हैं
हे भाइयो, हे बंधुओ,
हम देने को देंगे, हम सौंपने को तो सौंपेंगे

चिपे चिकाइया, मेरे पे रिकाइया
काले हगा को, कागे दोया को
गेल बर कुठी दो, हिसी बर नारी दो
का देरङ मेड़ेद् तन, का देरङ लोहा तन
देवड़ा होन काजि केद् नोखा होन बंकड़ा केद्
होड़ो होन बोंगा लीरे, मनोबा होन पौड़ा लीरे
मेड़ेद् ते मेड़ेदोः, लोहा ते लोहाओ

नेया मेंतेगे होड़ी होन ले नम तन
नेया नगेंतेगे मनोवा होन ले खोजर तन।
हेलाया हगा को, हेलाया बोया को
होड़ो चिको बोंगा को, मनोवा चिको पौड़ा को
मराबु दल को, मराबु रू को

मेंते को कपाजी तन, मेंते को अपचु तन।
हसुर जा होन को निरतन गेया दो
हसुर जा होन को बोरो तन गेया दो
सेनेमा होरा रे हुंडिन तन गेया को
सेनेमा होरा रे हुंडिन तन गेया को
हु सेनेमा होरा रे हुंडिन तन गेया का।

हे लाया हगा को हीलाया बोया को
कजिबु बगड़व केद् बकड़ांबु होसोड़ केद्
चिलका को गोमाबु, मेरेका को चेदाबु?

तुम लोग क्या करोगे? तुम लोग किस काम में लाओगे?
हे भाई हे, बंधु,
बारह कोठी में, बाईस भट्ठी में,
लोहा नहीं गल रहा है, लोहा नहीं बन रहा है
देवड़ा ने बताया है, सोखा ने कहा है
आदमी को पूजने से, आदमी के बलिदान से
लोहा जरूर गलेगा, लोहा अवश्य निकलेगा।
इसीलिए हम लोग आदमी को खोज रहे हैं
इसीलिए हम लोग मनुष्य की तलाश कर रहे हैं।

हे भाई, हे बंधु,
क्या आदमी पूजा जाता है, क्या मनुष्य की बलि दी जाती है ?
चलो इन्हें मारें, चलो इन्हें पीटें।
इस तरह लोग बात कर रहे हैं, इस तरह लोग चर्चा कर रहे हैं
असुरों के लड़के डर गए, असुरों के बच्चे भाग चले।
आगे जाकर इकट्ठे हो रहे, आगे जाकर जमा हो रहे हैं।
हे भाई, हे बंधु
बात बिगाड़ दी, मामला खराब कर दिया
इस तरह कौन देगा, ऐसे कहने से कौन सौपेगा ?

□

॥ 7 ॥

मोयोद् हसुर होंकेदा दोकजि
अपेया हगा को, अपेया बोया को
अइञाग: कजि तबु, अइञाग: बंकड़ा तबु
अयुम लेपे तबु, अतेन लेपे तबु।
सोबेन हसुर होन को, अपेया बोया को
लुटुकुम हड़म किङ, लुटुकुम बुढ़िया किङ
दासी किङ दोवाना धंगड़ा किङ जोगवाना
कसरा तन गेयाए, तोरो तन गेयाए
ओम तेकिङ ओमाबु, चेद् तेकिङ चेदाबु
इनि: गेबु बोंगाइया, इनि: गेबु पौड़ाइया।
सेनो: जन गेया को, बिरिद् जन गेया को
लुटुकुम हड़म किङ लुटुकुम बुड़िया किङ
इतकिङ ओड़ा: ते इत किङ: रोसेम ते
तेब: लेद् गेया को सेटेर लेद् गेया को

कुली जद् किङा को, कजी जद् किङा को
कजि केद् गेया को, बंकड़ा केद गेया को
अकोब: कजि दो, अकोब: बंकड़ा दो
लुटुकुम हड़म किङ लुटुकुम बुढ़िया किङ
कजि केद् गेया किङ बंकड़ा केद् गेया किङ
बोरो तन गेया लिङ, चिरी तन गेया लिङ

मर तबु कजिपे, मर तबु बकड़ा-ए पे
चिकन कजि तबुपु अउवा कदा दो
मेरे कन बंकड़ा तबुपे सेटेरा कदा दो।
कजि दो नेया गे, बकड़ दो नेयागे

एक असुर कहता है, बाकी असुर सुनते हैं
हे भाइयो, हे बंधुओ,
मेरी बात सुनो, मेरा विचार समझो।

लुटुकुम बूढ़े ने, लुटुकुम बुढ़िया ने
एक नौकर रक्खा है, एक चाकर रक्खा है।

उसे घाव हो रहा है, उसे खुजली हो रही है
वे तो देंगे ही, वे तो सौपेंगे ही।

उसी को पूजेंगे, उसी की बलि देंगे।
तब वे चले गए, तब वे पहुँच गए।

लुटुकुम बूढ़ा के घर, लुटुकुम बुढ़िया के द्वार।
उन्होंने कही, उन्होंने बताया

अपनी-अपनी बात, अपना-अपना विचार।

हे हो बूढ़ा, हे हो बूढ़िया,
हम एक बात कहना चाहते हैं

हम दो बात करना चाहते हैं
हमें डर लगता है, हमें भय लगता है।

अच्छा तुम लोग बोलो, अच्छा तुम लोग बताओ

किस बात के लिए आए हो, किस काम से पहुँचे हो ?
बात यही है, विचार यही है।

एहो हड़म किङ एहो बुड़िया किङ
अबेनः ओड़ः रे अबेनः रोसोम रे
दासी बेन दोबाना, धंगड़ा बेन जोगवाना
कसरा तन गेया–ए तोरो तन गेया–ए
नेलेकन कसरा तनिः, नेलेकन तोरो तनिः
ओमा लेबेन हो, चेदा लेबेन तबु हो।
ओम दोलिङ ओमापे, चि पे चिकाया
चेद् दोलिङ चेदापे मेरे पे रिकाइया।

हे हो हड़म किङ चिनः ले मेनेया
हे हो बुड़िया किङ मेरे ले उदुबे
ए–मा निदा ए–मा सिंगी
सिपुद् केद् गेयाले लेबेद् केद् गेया ले
गेल बर कुठी, हिसी बर नारी
कागे मेड़ेद् जन, कगे लोहा जन।
गड़ा पराम देंवड़ा, कजिकेद् गेया दो
नाई परोम सोखा, बंकड़ा केद् गेया दो
होड़ो दाँड़े जना दो, मनोवा दाड़े जना दो
लुटुकुम हड़म किङ कजि केद् गेया दो
लुटुकुम बुढ़िया किङ बंकड़ा केद् गेया दो
कालिङ ओमिया, का लिङ चेदीया
पाटि बबा तलिङ दो, सुडुता कोदे तलिङ दो
ओकोए गे होरोया, चिमयगे जंगीया।
असुर जा होन को, असुर जा गंड़ां को
काको मनातिङ जन, काको बुझातिङ जन

कसरा कोड़ा दो, तोरो कोड़ा दो
तरा तीरे को सब् किः गेया, दो

हे हो बूढ़े, हे हो बुढ़िया,
तुम लोगों ने अपने घर, तुम लोगों ने अपने द्वार
एक नौकर रक्खा है, एक चाकर बनाया है
उसे खुजली हो रही है, उसे फुंसी हो रही है
उस खुजलीवाले को, उस फुंसीवाले को
हमें दे दो, हमारे लिए सौंप दो।
दे तो देंगे, सौंप तो देंगे
तुम लोग क्या करोगे? तुम लोगों के किस काम आएगा?
हे बूढ़े हम क्या बतावें? हे बूढ़ी हम क्या कहें?
सात दिन और सात रात
हमने धौंकनी चलाई, हमने कोइला फूँका
(लेकिन) बारह कोठी में, बाईस भट्ठी में
लोहा नहीं गला, लोहा नहीं बना।

नदी पार के देवड़ा ने बताया—
नाला पार के सोखा ने कहा—
आदमी को पूजो, आदमी की बलि दो
लुटुकुम बूढ़े ने कहा, लुटुकुम बुढ़िया ने कहा—
नहीं, हम नहीं देंगे, नहीं, हम नहीं छोड़ेंगे
चटाई पर का धान, पथार पर का मड़ुवा
कौन देखेगा? कौन रखावेगा?

असुरों के लड़के, असुरों के बच्चे
मानते नहीं हैं, समझते नहीं हैं।

खसरा लड़के का, तोरो लड़के का
एक हाथ धर लिया, एक हाथ पकड़ लिया

लुटुकुम हड़म किङ लुटुकुम बुढ़िया किङ
तरा तीरे किङ सब् किः गेया किङ।
आलोपे इदीया, आलोपे ओरीया
पाटि जा बबा दो, सुड़ुता जा कोदे दो
इनिः गे होरो जद्, इनिः गे जंगी जद्
मेंते देरङ किङ कजिया को तना दो
मेंते देरङ किङ कुदुमाको तना दो।
हसुर जा होन को, कागे को मनातिङ जन
हसुर जा गंड़ां को कागे को बुकातिड. जन
कसरा कोड़ा दो, तोरो कोड़ा दो
और किः गेया को, इदि किः गेया को
गेल बर कुठी, हिसी बर नारी
तेबः लिः गेया को, सेटेर लिः गेया को
लंदा तन गेया को रसिका तन गेया को।

हसुर जा होन को हसुर जा गंड़ां को
कुपुलि तन गेया को कपाजि तन गेया को
चिलकाबु बोंगाइया, मेरेकाबु पौड़ाइया।
कसरा कोड़ा दो, तोरो कोड़ा दो
कजि केद् गेया दो, कुदुम केद् गेया दो
बोंगा दोपे बोंगाइञा, पौड़ा दोपे पौड़ाइञ
नवा गे मंडिकी, नवा गे बिंगल
पुंडी मोरोम ऊरते चपुवा ताबु दबेपे।
डिंडा मा कुड़ी किङ; जलमय कोड़ा किङ
सिपुदे काकिङ लेबेद काकिङ

गेल बर कुठी रे, हिसी वर नारी रे
कसरा कोड़ा दो, तोरो कोड़ा दो

लुटुकुम बूढ़े ने, लुटुकुम बुढ़िया ने
दूसरा हाथ धर लिया, दूसरा हाथ पकड़ लिया।
नहीं, इसे मत ले जाओ, नहीं, इसे मत छीनो
चटाई पर का धान, पथार पर का मडुवा
यही देखता है, यही रखवाली करता है
वे इस तरह कह रहे हैं, वे इस तरह बता रहे हैं
असुरों के लड़कों ने, असुरों के बच्चों ने
कुछ नहीं माना, कुछ नहीं सुना
खसरा लड़के को, तोरी लड़के को
घसीट ही ले गए, छीन ही ले गए।
बारह कोठी, बाईस भट्‌ठी (जहाँ थी)
वहाँ ले गए, वहाँ पहुँचा दिया
वे बहुत खुश हैं, वे बहुत हँस रहे हैं।
असुरों के लड़के, असुरों के बच्चे,
पूछताछ कर रहे हैं, बातचीत चला रहे हैं
इसे कैसे पूजें? इसे कैसे बलि दें?
खसरा लड़के ने, तोरो लड़के ने
उनसे कहा, उनको बताया—
मैं एक बात कह लूँ, मैं एक बात बोल लूँ,
बलि तो दोगे,; पूजा तो करोगे।
धौंकनी नई हो, फूँकनी नई हो
सफेद बकरे के चमड़े से मढ़ दो
कुँवारी लड़की, कुँवारा लड़का
उसे फूँकें, उसमें धौंकनी चलावें।

बारह कोठी में, बाईस भट्ठी में
तब वह घुस गया, तब वह समा गया

बोलो जन गेया दो, सोडा जन गेया दो
कुठी बितराते नारी अतोमाते
कजि तन गेया दो, अगर तन गेया दो
ए–मा निदा ए–मा सिंगी
सिपुदिङ पे हो, लेबेदिङ पे हो।
ए–मा निदा, ए–मा सिंगी
होवा जन गेया दो, पुरब जन गेया दो
डिंडा मा कुड़ी किङ जलमय कोड़ा किङ
नब चटु दः ते, उलि सुड़ा सकम ते
हिरचि किः गेया को, तिरपि किः गेया को।

कसरा कोड़ा दो, तोरो कोड़ा दो,
नारी होराते घेरा होराते
निर उडुङ लेना–ए, सेटेर उडुङ लेना–ए
सोनागे समाड़ोम, हिरागे बौंरा
लौटा गे थाड़ी गे, चिपागे डुबागे
सब उडुङ केदा–ए, सेटेर उडुङ केदा–ए।
जिकी मिकी तन गे जका मका तन गे
लेल किङ गेया को, चिना किः गेया को
रेः जःइ गेया को, रचः जःइ गेया को।

कसरा कोड़ा दो, तोरो कोड़ा दो
कजि गेद् गेया दो, बंकड़ा केद् गेया दो
आलोपे रेःइञा, आलोपे रचःइञा

अपेदो हगा संगी, अपेदो बोया संगी
गेल बर कुठी दो, हिसी बर नारी दो
सोनाते, चांदी ते पेरेया कन गेया दो
हिराते-रुपाते तुंगीया कन गेया दो
अउ जोम गेया पे, सेटेर जोम गेयापे।

कोठी के भीतर से, भट्ठी के अंदर से
वह कहता हैं, वह बोलता है—
सात दिन फूँको, सात रात धौंको।
सात दिन पूरा हुआ, सात रात बीत गई
कुँवारी लड़की, कुँवारा लड़का
नए घड़े का पानी ले, नए आम के पत्ते से,
(कोठी पर) छिड़कने लगे, (भट्ठी पर) झिमकने लगे।
खसरा लड़का, तोरो लड़का
नाली के रास्ते से, घेरे की राह से
दौड़कर निकला, भागकर बाहर आया
सोना का, हीरा का
थाली और लोटा-कटोरा
हाथ में लेकर, साथ में लेकर
बाहर आया, बाहर निकला।
चमचमाता हुआ, झलमलाता हुआ
दिखाई दे रहा है, जान पड़ रहा है
लोग लूट रहे हैं, लोग (उससे) छीन रहे हैं।
खसरा लड़का, तोरो लड़का
कहने लगा, बोलने लगा—
मत लूटो, मत छीनो।

तुम तो बहुत भाई हो, तुम तो बहुत बंधु हो।
बारह कोठी, बाईस भट्ठी
सोना–चाँदी से भरी है, हीरा–रूपा से पटी है
जाकर लाओ, समाकर निकालो।

□

॥ 8 ॥

हसुर जा होन को, हसुर जा गंड़ां को
लेल बर कुठी रे हिसी बर नारी रे
निर बोलो जना को, निर अदेर केदा को
कोड़ा बारी कोड़ा को, बोलो जन गेया को
कुड़ी बारी कुड़ी को, बगे जन गेया को
कंसरा कोड़ा दो, तोरो केड़ा दो
कजि केद गेया दो, बंकड़ा केद् गेया दो
हे बागो जुगुनी मरतरङ लेलकोम
उकुदा कन, दनञ कन सोबेन को लेलकोम
बामो जुगुनी लेल तन गेया दो
नेते हेंते लेल तन गेया दो
लेलनम तइया दो, चिना नम तइया दो

हे बाबू कसरा, हे बाबू तोरो
नई देरङ नतः रे, नी देरङ नेतः रे
उकुवा कन गेयाए, दनञ कन गेयाए
कसरा कोड़ा दो, तोरो कोड़ा दो
सेन नम किया दो, सेटेर नम किया दो
कजियाई तनाए, उदुबाई तनाए
अम हो हगा, अम हो बोया
सोना, समड़ोम, हिरा, बौंरा

काको ओंमामा, काको चेदामा
अम ओ बोलोमे, अम ओ सोड़ोमे
बोलो जन गेयाए, सोड़ोजन गेयाए
कसरा कोड़ा दो, तोरो कोड़ा दो

असुरों के लड़के, असुरों के बच्चे
बारह कोठी में, बाईस भट्ठी में
दौड़कर घुस गए, जल्दी से समा गए।
सभी पुरुष घुस गए, सभी मर्द समा गए।

खसरा लड़का, तोरो लड़का
कहने लगा, बताने लगा—
हे भगजोगनी, जाकर देखो।

भगजोगनी देखने लगी, इधर-उधर देखने लगी
एक को उसने देख लिया, एक को उसने जान लिया।
हे बाबू खसरा, हे बाबू तोरो,
वह देखो वहाँ पर, उधर देखो वहाँ पर

(देखो) छिपा हुआ है, (देखो) लुका हुआ है।
खसरा लड़का, तोरो लड़का
चला गया, पहुँच गया
कहने लगा, बोलने लगा—

हे भाई, हे बंधु,
सोना-चाँदी, हीरा-रूपा
(वे लोग) तुम्हें नहीं देंगे, तुमको नहीं बाँटेंगे।

तुम भी घुस जाओ, तुम भी पैठ जाओ।

वह भी घुस गया, वह भी पैठ गया
खसरा लड़का, तोरो लड़का

सोना दिदी दो, रूपा कौवा दो
कजियाई तना दो, बंकड़ाई तना दो
कोतेरे उकुवाकन कोतेरे दनडा कन
सोबेन को दड़ां कोम, जोतो को खोजर कोम
सोना दिदी दो, रूपा कौवा दो
दड़ां तन गेया दो, खोजर तन गेया दो

लेलनम तइया दो, चिना नम तइया दो
हनिया कसरा, हनिया तोरो
जूला पिडिंगीरे, अतिरिते: हरूबा कन
सेन नम क्रियाए, सेटेर नम कियाए

बोरा रे संजुकि:, गड़ां रे: अनुकि:
अतुजन गेयाए, बुवल जन गेयाए

कसरा कोड़ा दो, तोरो कोड़ा दो
हसुर जा कुड़ी को, हसुर जा बुड़ी को
कजिया को तना दो, उदुबा को तना दो
मरना सिपुदेपे, मरना लेबेदेपे

सिपुद् जद् गेया को, लेवेद् जद् गेया को

कुठी बिताराते, नारी अतोमाते

अयुमोः तना दो, अतेनोः तना दो
एयङ तन गेया को, अबा तन गेया को
रः तन गेया को, नियम तन गेया को
हसुर जा कुड़ी को अयुन केद् गेया को
बोरो तन गेया को, चिरी तन गेया को
एलाया कसर एलाया तोरो
अलेयः कोड़ा को अलेयः हगा को

सुनहले गीव से, रुपहले कौवा से
कह रहा है बोल रहा है
(देखो) कोई छिपा तो नहीं है ? कोई लुका तो नहीं हैं ?
वे खोज रहे हैं, वे ढूँढ़ रहे हैं।

उन्होंने देख लिया, उन्होंने जान लिया।
हे खसरा यह देखो, हे तोरो वह देखो।
चूल्हे के पिंड में ढकनी से ढका था।
वह पास चला गया, वह निकट जा पहुँचा।

बोरे में बंद कर, बोरे में ठूँसकर
नदी में डाल दिया पानी में बहा दिया
(तब) वह बह गया, वह डूब गया।
खसरा लड़का, तोरो लड़का
असुरों की युवतियों से, असुरों की बूढ़ियों से
कहने लगा, बोलने लगा—
चलो अब धौंको, चलो अब फूँको।
वे धौंकने लगीं, वे फूँकने लगीं।

कोठी के भीतर से, भट्‌ठी के अंदर से,
सुनाई दे रहा है, मालूम हो रहा है

‘हाय माँ’ कह रहे हैं, ‘हाय बाप’ बोल रहे हैं।
असुर युवतियाँ सुन रही हैं, असुर नारियाँ जान रही है।
वे डर रही हैं, वे भयभीत हो रही हैं।
हे खसरा, हे तोरो,
हमारे आदमियों को, हमारे भाइयों को,

चिको चिकातन, मेरे को रिका तन
र: तन गेया को, रुंबुल तन गेया को
अलोपे र:या, अलोपे रुंबुले
हगा को संगीया, बोया को संगीया
सोनागे, समड़ोम, हिरागे, बौंरा
रेपे: तन गेया को, तपउइ तन गेया को
उड़ङो: गेया को, सेटेरो: गेया को
मेंते देरङ होए, कजिया को तना दो
मेंते देरङ होए कुदुमा को तना दो

नारी होराते, घेरा होराते
मयोम गे लिंगी तन, किरुम गे सरिड़ी तन
हसुर जा कुड़ी को, हसुर जा बुड़ी को
र: तन गेया को, नियम तन गेया को

कसरा कोड़ा दो, तोरो कोड़ा दो
कजि केद् गेया दो, मेन केद् गेया दो
मेरागे मयोम, मेरागे किरुम
संगी हगा तेकोवा, संगी बोया तेकोवा
पान को जोम तन, कसैली को तबेतन

बे: जद् गेया को, थू जद् गेया को
एनागे लिगी तन, एलागे सरिड़ी तन

दोबा चटु दः ते, हेसः सकम ते
हिरचि केदाको, तिरपी केदा को
गैल वर कुठी, हिसी वर नारी
ओटः केद गेया को, निः केद् गेया को
ज ते ज गे, लुकुते मुकुगें
लेत केद गेया को, चिना केद् गेया की
हसुर जा कुड़ी को, हसुर जा बुड़ी को
रः तन बेवा को, नियम तन गेया को

तुमने क्या कर दिया, उनको क्या हो गया?
(कि) वे रो रहे हैं, (कि) वे कलप रहे हैं।
तुम लोग मत रोओ, तुम लोग मत बिलखो
वे लोग बहुत भाई हैं, वे लोग बहुत बंधु हैं।
वे लोग सोना-चाँदी, वे लोग हीरा-रूपा
लूट-पाट कर रहे हैं, छीना-झपटी कर रहे हैं।
वे तो निकलेंगे ही, वे तो बाहर आएँगे ही।
इस तरह कह रहा है, इस तरह समझा रहा है।
नाली के रास्ते से, घेरा की राह से
खून बह रहा है, रक्त निकल रहा है
असुरों की स्त्रियाँ, असुरों की बूढ़ियाँ
रो रही हैं, कलप रही हैं।
खसरा लड़का, तोरो लड़का
कह रहा है, बोल रहा है

नहीं यह खून नहीं है, नहीं यह रक्त नहीं है।
वे लोग बहुत भाई हैं, वे लोग बहुत बंधु हैं।
वे पान खा रहे हैं, वे सुपारी चबा रहे हैं।
उसी का थूक है, उसी का पीक है
वही बह रहा है, वही निकल रहा है।
पुराने बड़े का पानी, पीपल के पत्ते से,
उसने कोठी पर छिड़का, उसने भट्ठी पर झिमका
बारह कोठी, बाईस भट्ठी,
उन्होंने खोली, उन्होंने फोड़ी
उसमें हड्डी भरी थी, उसमें राख भरी थी
उन्होंने देखा, उन्होंने जान लिया।
असुरों की स्त्रियाँ, असुर नारियाँ
रो रही हैं, बिलख रही हैं।

□

॥ 9 ॥

सिङबोंगा राजा, देवी कुँवारी
बारो बिदिया केद, तेरो छयना केद
तुड़ी सुतम ते, बादी, बयर ते
सिरमा तेए रकब तन, चेतन तेए सेनोः तन

हसुर जा कुड़ी को, हसुर जा बुड़ी को
तीरे को सब किः, कटा रे को रचः किः
कजितन गेया को, अर्जितन गेया को
अलेयः अपासुल अलेयः जोपोतोन

उदुब तुका लेम, चुंडुल तुकालेम
मेंते देरङ को कजियाई तना दो
मेंते देरङ को बंकड़ाई तना दो।

सिङबोंगा राजा, दैवी कुँवारी
कजिया को तना दो, बंकड़ा को तना दो
कुल दुतम केनाइङ, कुल दरड़ां केनाइङ
कागेपे मनातिङ, कागेपे बुझातिङ
अलेगे सिङबोंगा, अलेगे मरङदेवता
मेंतेपे कजि केद्, मेंतपे बंकड़ा केद्

सिङबोंगा राजा, दैवी कुँवारी
रचः गिड़ी जद् को, हुदुमा गिड़ी जद् को

गड़ा रे, ढोड़ा रे, डोबा रे, इकिर रे
सरना रे, बुरु रे, बिर रे कंदर रे
उयुः जन गेया को, बटी जन गेया को।

बुरु रे उयुः जनिः बुरु बोंगा जना दो
इकिररे उयुः जनिः इकिर बोंगा जना दो।

राजा भगवान् ने, देवी कुमारी ने
बारह विद्या कर दी, तेरह लीला दिखाई।
सूत से, रस्सी से
आसमान में चढ़ने लगा, ऊपर जाने लगा।
असुर स्त्रियों ने, असुर नारियों ने
पैर को पकड़ लिया, हाथ को पकड़ लिया
उससे वे कह रही है, उससे अरजी कर रही हैं।
हम लोग (अब) कैसे जिएँ? हम लोग कैसे पलें?
उसका उपाय बताओ, उसका उपाय कहो।
वे इस तरह कह रही हैं, वे इस तरह बोल रही हैं।
भगवान् राजा, देवी कुमारी
कह रहे हैं, बोल रहे हैं

हमने दूत भेजा, हमने संदेशा पठाया
तुम लोगों ने नहीं माना, तुम लोगों ने नहीं सुना
तुम लोग बोलने लगे, तुम लोगों ने नहीं सुना
हमीं भगवान् हैं, हमीं बड़े देवता हैं

भगवान् राजा, देवी कुमारी
खींचकर फेंक रहे हैं, छुड़ाकर फेंक रहे हैं
नदी में, नाले में, गड्ढे में, दह में

सरना में, पहाड़ में, जंगल में, तराई में
(वे सब) गिर गईं (वे सब), धँस गईं।
जो पहाड़ में गिरा, वह बूरू बोंगा (पहाड़ी भूत) बना
जो पानी में गिरा, वह इकिर बोंगा (जल भूत) बना

डोबा रे उपुः जनिः नगे एरा जना दो
सरना रे उयुः जनिः चंडी बोंगा जना दो
इनकु असुल नङ इनकु जोतोन नङ
हतु तलारे पांड़ होन-ए जोगवकिः
दिशुम तलारे सोखा होन-ए दो किः
हसुर जा कुड़ी को, हसुर जा बुड़ी को
कजियाको तना दो, उदुबाको तना दो
कजिपे अयुम रे, बंकड़ा पे अतेन रे
असुलोः गेयापे, जोतोनोः गेयापे

सिङ बोंगा राजा, दैवी कुँवारी
तुड़ी सुतमते, बादी बयर ते
रकब जन गेयाए, चेतानेन जन गेयाए
उपलबा पुखुरी, तड़यबा बंदेला
पेरेः जन गेया दो, चड़ङ जन गेया दो
गाछेयो बिरिछि, सुड़ा जन मेया दो
चरियो पृथी, चरियो कोना
मनोवा होन को, जीव-जंतु को
चरियो पृथी, चरियो चुनगुनी
सोबेन को बुगिन जन, जोतो को सुकुजन
सोबेन को उड़ुः तन, सोबेन को पास तन

सिङ बोंगा राजा, दैवी कुँवारी
दिशुम ताबु दो, गमाय ताबु दो
बई रुड़ा केदा दो, सुगड़ा रुड़ा केदा दो
दुकु ताबु दो, विपत्ति ताबु दो
सेनोः जन गेया दो, निर जन गेया दो
हिसिङ चेंटा सोबेन बु बगेंका
हया को बोया को निरल बु तइनका
मेंते देरङ को जपागर तना दो
मेंते देरा को कपाजि तना दो।

जो डोभा में गिरा, वह नग-एरा बना।
जो सरना में गिरा, वह चंडी बोंगा बना।
उन्हीं की पूजा के लिए, उन्हीं की सेवा के लिए
गाँव में पाहन बना, देश में सोखा बना।
असुरों की स्त्रियों से, असुरों की नारियों से
कह रहे हैं, बोल रहे हैं—
यदि तुम बात मानोगी, यदि तुम लोग बात सुनोगी
(तो) जरूर पलोगी, (तो) जरूर जियोगी।
भगवान् राजा, देवी कुमारी
सूत से, रस्सी से
ऊपर को चढ़ गए, ऊपर को चले गए।
कमल फूल की पोखरी, कुमुद फूल की बावली
पानी से उमड़ गई, लबालब भर गई
पेड़-पौधे उग गए, घास-फूस बढ़ गए
चारों ओर, चारों दिशा में
नर-मानव, जीव-जंतु
पक्षी-पखेरू, कीट-पतंग

सभी सुखी हुए, सभी खुश हुए।
सभी लोग सोचने लगे, सभी लोग विचारने लगे—
सिंगबोंगा राजा ने, देवी कुमारी ने
हमारे देश को, हमारी दुनिया को
फिर से बना दिया, फिर से सिरजा दिया।
हमारे सारे दुःख, हमारे सारे कष्ट
सभी चले गए, सभी बीत गए।
सभी लोग ईर्ष्या–डाह छोड़ दें
सभी भाई–बंधु अच्छी तरह रहें।
इस तरह वे कहने लगे
इस तरह वे विचारने लगे।

□

संदर्भ

‘द मुंडा एंड देयर कंट्री’ : शरतचंद्र राय, ‘द कुंटलाइन प्रेस’, कोलकाता, संस्करण 1912

‘नोट्स ऑन सम कोलेरियन ट्राइब्स’ : डब्लयू.एस.पी. ड्राइवर, 1888, जे.ए.एस.बी.

‘द असुर’ : के.के. लेउवा, भारतीय आदिम जाति सेवक संघ, नई दिल्ली 1963

‘अगरिया’ : वेरियर एल्विन, हिंदी संस्करण, राजकमल प्रकाशक, नई दिल्ली 2007

‘असुर आदिवासी और सोसोबोंगा’ : वंदना टेटे–एके पंकज, प्यारा केरकेट्टा फाउंडेशन, राँची, 2024

‘आदिम मुंडा और उनका प्रदेश’ : शरतचंद्र राय, हिंदी संस्करण, क्राउन पब्लिकेशन, राँची 2021

‘असुर आदिवासी’ : श्रीरंग, लोकभारती प्रकाशन, प्रयागराज, 2020

‘बिहार के असुर’ : डॉ. प्रकाश चंद्र उराँव, बिहार जनजातीय कल्याण शोध संस्थान, मोरहाबादी 1994

‘भारतीय समाज : तात्त्विक और ऐतिहासिक विवेचन’ : गोविंद चंद्र पांडे, नेशनल पब्लिशिंग हाउस, नई दिल्ली 1994

‘वैदिक संस्कृति आसुरी प्रभाव’ : आचार्य चतुरसेन, साईं पुस्तक भंडार, दिल्ली, 2011

'मुंडा लोककथाएँ' : जगदीश त्रिगुणायत, बिहार सरकार द्वारा मुद्रण, 1968

'18वीं और 19वीं शताब्दी के दौरान भारत में लौह और इस्पात प्रौद्योगिकी का विकास' : एच.सी. भारद्धाज, बनारस हिंदू विश्वविद्यालय, प्राचीन भारतीय इतिहास, संस्कृति और पुरातत्त्व विभाग बनारस हिंदू विश्वविद्यालय, वाराणसी—221005

'सोनभद्र क्षेत्र के आस-पास लौह कार्य का तकनीकी अध्ययन' : विभा त्रिपाठी एवं प्रभाकर उपाध्याय, इंडियन जर्नल ऑफ हिस्टरी ऑफ साइंस, 48.2 (2013)

नोट :

सिंगबोंगा : आदिवासियों के सर्वोच्च देवता। सूर्य को भी सिंगबोंगा कहा जाता है।

अखाड़ा : अखरा, अखाड़ा। गाँव में ऐसी जगह, जहाँ सामूहिक रूप से नृत्य, गीत, गायन या पर्व मनाया जाता है।

□□□